KB268628

여학생

아카가와 지로 지음 | 모세종·송수진 옮김

어문학사

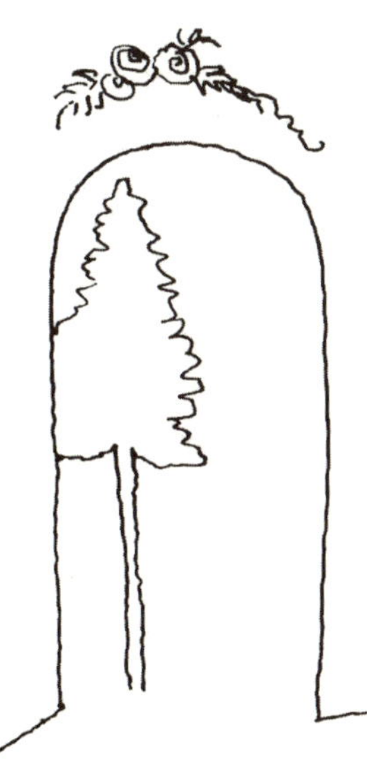

지휘봉을 잡은 손이 조용히 내려왔다.

오케스트라는 아직 연주하고 있는 듯이 보였다. 하지만 실제로는 이미 소리가 나지 않았다.

완전한 공백―숨을 죽인 침묵이 2천 명 이상을 삼켜버린 이 큰 홀을 지배했다. 지휘자의 관자놀이에서 턱으로 흘러내린 땀방울이 지휘대 위에 뚝 떨어졌다. 그 소리조차 홀의 가장 깊숙한 곳까지 들릴 것 같았다.

몇 초간 계속되었을까, 그 긴장된 침묵은.―그것조차도 마치 악보에 쓰여 있는 것 같은 침묵.

문득 지휘자의 뒷모습에서 힘이 빠졌다. 오케스트라도 안

도한 모습으로 악기를 내려놓았다.

"브라보!"

박수와 외침 소리가 홀 안에 들끓었다.

그것은 오케스트라의 갑작스런 폭발이 만들어내는 포르티시모보다 훨씬 거대한 소리의 소용돌이였다.

지휘자는 객석 쪽을 향해 깊이 인사했다.

이제 이 이상 커질 리가 없다고 생각되었던 박수와 환성이 더욱더 뚜렷하게 음량을 올렸다.

지휘자는 다시 한 번 고개를 숙이고 지휘대를 내려와 무대 옆쪽으로 걸어갔다. 물론 바로 스테이지에 불려 나오리라는 것은 알고 있었지만.

"브라보!"

전반의 프로―모차르트의 피아노 협주곡이었다―에서 솔로를 담당한 아메리카인 피아니스트가 지휘자를 향해 손뼉을 쳤다. 무대 옆에서 듣고 있었던 것이다.

"판타스틱!"

아메리카인이 칭찬할 때 자주 쓰는 말이었다.

지휘자는 그저 말없이 미소를 지어 보였을 뿐이었다.

"선생님."

지휘자의 여성 매니저가 큰 타월을 가지고 왔다.

"고마워."

지휘자는 타월을 받아들고 얼굴에 난 땀을 닦았다.

"선생님—."

평소라면 아주 훌륭했어요 라고 고개를 끄덕이며 말할 매니저가, 오늘은 심각한 얼굴로 "전화가"라고 말했다.

"집에서?"

지휘자는 타월을 든 손을 내리고 물었다.

"그렇습니다."

"그래?"

지휘자는 지휘봉을 매니저에게 주고 빠르게 대기실로 걸어갔다.

—홀에서는 박수가 계속되고 있었다.

지휘자는 대기실에 들어가 문을 닫았다. 홀의 웅성거림이 급히 멀어졌다.

책상 위의 수화기는 내려놓은 상태였다. 지휘자는 마치 스테이지로 나갈 때처럼 조금 어깨를 흔들고 숨을 쉬고 나서 전화 쪽으로 다가갔다.

"—여보세요. —아아, 나야. —응. —응. —그래?"

지휘자는 고개를 끄덕였다.

"그래?—그래."

말은 끊어질 정도로 짧고 목소리는 낮았다.

"—알았어. —응, 지금 갈게."

지휘자는 수화기를 내려놓았다.

대기실을 나오자 매니저가 걱정스러운 얼굴로 서 있었다.

"선생님—."

"악보는 나누어 주었지?"

이렇게 말하며 지휘자는 매니저의 손에서 지휘봉을 받았다.

"바로 귀가하시는 게…"

지휘자는 지휘봉을 손에 들고 잠시 망설이듯이 서 있었다. 홀에서는 박수가 계속되고 있었다.

틀림없이 무슨 일일까 생각하고 있을 것이었다. 지휘자가 한 번도 얼굴을 내밀지 않는다는 것은 생각할 수 없는 일이기 때문이었다.

"아니, 빨리 가도 마찬가지야."

지휘자는 고개를 흔들었다.

"가자."

─지휘자가 이윽고 스테이지 옆에서 모습을 나타내자, 조금 낮아져 가던 박수와 "브라보!" 하는 소리가 다시 끓어올랐다.

걸으면서 지휘자는 오케스트라의 콘서트마스터 쪽을 보고 고개를 살짝 끄덕여 보였다.

벌써 몇 십 년을 함께 해 온 동료들이다. 지휘자가 지휘봉을 손에 들고 나온 것을 보고 콘서트마스터는 바이올린을 집어 들었다.

악보는 펼쳐져 있었다. 콘서트마스터는 손수건을 꺼내 재빨리 이마의 땀을 닦았다. 최근에 꽤 몸이 나빠졌다.

지휘자가 객석을 향해 깊이 머리를 숙이자 박수가 한층 뜨거워졌다.

지휘자가 지휘대에 오르고 오케스트라 쪽을 향하자 박수는 조용해져 갔지만, 동시에 잠시 당혹해하는 그런 분위기가 홀 안에 감돌았다.

앙코르?─앙코르, 하는 건가?

의외인 듯한 얼굴이 여기저기에 보였다.

지휘자가 가볍게 발을 벌리고, 지휘봉을 잡은 손이 긴장한다.

그러나—왠지 민감한 손님한테는 그 뒷모습이 갑자기 다소 늙은 것처럼 보였을지도 모른다.

지휘봉이 올랐다.

"—저게 뭐야!"

한 사람이 말했다.

"〈여학생〉 아냐, 〈여학생〉!"

"〈스케이터 왈츠〉 아니었나?"

다른 한 사람이 말했다.

"아니야. 〈스케이터 왈츠〉는……. 어떤 거였지? 좌우간, 저것은 〈여학생〉이야. 요전에 산 CD에 들어 있었어."

"어쨌든 발트토이펠이잖아."

"망치는 거 아냐? 저래가지고는."

—줄줄이 홀을 나선 손님이 역 쪽을 향해 밤길을 걸어갔다.

음악학교 학생인지, 손에 손에 트럼펫이나 클라리넷 케이스를 늘어뜨린 젊은이들이 대화를 나누면서 인파 속에서 움직였다.

이야기하고 있는 것은 지금 막 들은 앙코르 곡에 관한 것으로—말러의 교향곡 제9번이라고 하는 대곡 다음에 나온 발트토이펠의 왈츠 〈여학생〉이었다.

"하다못해 요한 스트라우스라면 몰라도"

"맞아. 발트토이펠은 아닌 거 아냐?"

철학적인 말러 다음에 그런 통속적인 왈츠를 연주한 것을 이해할 수 없다는 것이 대부분의 감상이었던 것 같다.

하지만 그 중에는—그다지 클래식 음악은 좋아하지 않지만 가자고 해서 할 수 없이 들으러 온 여자애도 있었다.

"앙코르 곡, 괜찮은데."

그런 여자 애의 말이 옆에 있는 클래식통의 눈썹을 찌푸리게 하고 있었다.

"—하지만 이상한데."

클라리넷 케이스를 늘어뜨린 젊은이가 말했다.

"그 사람이 발트토이펠을 지휘하는 건 처음 들었어."

"맞아. 로리콤 취미라도 가진 거 아냐?"

다른 한 사람의 대답에 와 하고 웃음소리가 허져 나왔다.

"—맞아. 휴식 때에 쿠도란 녀석을 봤는데."

한 사람이 말했다.

"쿠도라면—그 쿠도?"

"쿠도―야스오였던가?"

"아아, 그런 이름이었나? 그런데 그 녀석 벌써 퇴원하고 온 건가?"

"그렇겠지. 좌우간 로비에 앉아 있었으니까."

"학교는 아직 휴학인가."

"이미 퇴학이지. 등록금도 내지 못했으니까."

잠시 말이 끊어졌다가 이윽고 트럼펫 케이스를 든 젊은이가 말했다.

"쿠도 녀석 어떤 모습이었어?"

"글쎄.―잘 보지 못했는데, 그다지 변하지 않은 것 같았어. 음침하고. 그래, 너 쿠도하고 만나고 있었잖아."

"쿠도, 그 지휘자를 아주 좋아했지. 언제나 지갑에 사진을 넣고 다닐 정도였으니까. 방에도 사진을 걸어놓았었어."

"쿠도의 방에 갔었어?"

"응, 꽤 전이지만."

"그 녀석이 이상해지기 전에?"

"응.―굉장히 깨끗하게 정리되어 있었어."

"남자 혼자 사는 방이 그렇게 깨끗하다니. 역시 정상이 아니야."

"그렇지 않아. 그저 꼼꼼하고 깔끔했을 뿐이야. 성격 탓이야."

"어쨌든 음악가와는 어울리지 않아. 그렇잖아?"

"맞아……. 그 녀석 지나치게 순수했어."

"뭔가 우리들이 불순한 것 같잖아."

한 사람이 말하자 옆에서 "불순한 이성교제겠지."하고 말하는 자가 있어 모두 웃었다.

단 한 사람, 트럼펫을 든 젊은이를 빼고는.

"―쿠도, 오늘 것 듣고 어떻게 생각했을까?"

한 사람이 말했다.

"그 지휘자가 상업주의에 물들지 않았기 때문이라면서 푹 빠져 있었잖아?"

"응."

트럼펫을 든 젊은이가 고개를 끄덕였다.

"맞아. 말러는 그렇다 쳐도, 그 앙코르는……."

"쇼크 받지 않았겠어? 어쨌든 〈여학생〉이니까."

―존경에 '배신'이라고 하는 시약을 떨어트리면 그것은 순식간에 진홍의 '살의'로 변해 버린다.

쿠도 야스오의 경우도 그랬다.

특히 오늘 밤 원래부터 야스오는 살의를 품고 이 홀에 온 것이었다.

다만 그것은 자신을 향한 살의였다.

말러 9번 교향곡이 그야말로 그 스코어의 지시대로 '전멸하는 것처럼' 끝났을 때, 야스오는 눈물을 흘릴 것 같았다.

죽으려고 하는 결의에는 조금의 변화도 없었다. 그 제9번 교향곡의 명연주는 야스오에게 있어서 '쿠도 야스오를 위한 진혼곡'으로 들렸던 것이다.

이제 이것으로―이것으로 여한은 없다. 끝없이 계속되는 박수의 소용돌이 속에서 야스오는 행복했다.

자살하려고 마음먹은 인간을 '행복'하다고 말하는 것은 이상할지도 모른다. 하지만 사실 야스오는 이런 멋진 밤에 죽을 수 있다는 것을, 믿지도 않는 신에게 감사하고 싶은 마음이었다.

아무리 박수를 쳐도 지휘자가 좀처럼 스테이지로 되돌아오지 않는 것을 주위의 손님은 이상스럽게 생각했지만, 야스오는 지휘자의 마음을 알 것 같았다.

그런 연주 다음에 으레 나오는 박수나 브라보 소리, 꽃다

발 등에 답할 마음이 생기지 않는 것은 당연한 일이다. 아니 그것이 바로 '음악가'이다.

그걸 끝으로 지휘자가 모습을 보이지 않아도, 야스오는 조금도 불만으로 생각하지 않았을 것이다.

그런데ー지휘자는 재차 등장했다. 그리고 지휘대에 섰다.

앙코르? 그 말러 다음에 앙코르?

야스오는 불안에 휩싸여 기도하는 듯한 마음으로 가만히 숨을 죽였다. 그리고 지휘봉은 저어 내려졌다…….

ー야스오는 마지막으로 홀을 나왔다.

틀림없이 홀을 마지막으로 나온 손님이었다.

이 홀의 직원이 로비를 돌아다니며 입간판이나 포스터 류를 정리하고 있었다.

야스오는 밤의 차가운 바람을 쐬며 문득 숨을 쉬었다.

이미 10월도 말에 가까웠다. 바람은 차갑고 늦가을부터 겨울의 분위기를 빨리도 느끼게 했다.

야스오는 이미 몇 년 전부터 입었는지 잘 모르겠는 옷을 입고, 그 호주머니에 양손을 넣고 있었다.

목덜미에서 바람이 차갑게 소용돌이쳤다. 야스오는 목을 웅크렸다.

호주머니 속에는 지금 야스오가 가지고 있는 것 중에서 유일한 '신품'인 잘 드는 칼이 들어 있었다. 고가라고는 할 수 없지만 딱 한 번 사용하는 데에는 너무도 충분한 칼날임에 틀림없었다.

―홍 하고 야스오는 입술을 일그러트리고 웃었다. 〈여학생〉? 하필이면 그런 곡을 앙코르로!

야스오는 그 곡이 시작되었을 때 자신의 귀를 의심했다. 환청이 아닌가 하고 생각했다.

실제로는 들리지도 않는 음악이 울리는 것을 요 몇 년인가 종종 들었기 때문이다.

하지만―이렇게도 확실히 들릴 리는 없었고, 오케스트라의 움직임을 보고 있으면 그야말로 그들이 들리는 대로의 곡, 발트토이펠의 〈여학생〉을 연주하고 있는 것이 확실했던 것이다.

야스오 안에서 예술에 대한 신, 신이 소리를 내며 무너져 갔다. 그것은 동시에 야스오의 살아가는 버팀목이 무너져 가는 것이기도 했다.

죽으려고 하는 인간의 '살아가는 버팀목'이라는 것도 묘하지만, 야스오에게 있어서는 '죽는 것'도 하나의 '살아가는 길’의 선택이었던 것이다.

이대로는—이대로는 죽을 수 없다.

걸어가려다 야스오는 문득 발을 멈췄다. 그렇다. 이대로 죽을 수는 없다.

홀을 되돌아보았다.

오케스트라의 멤버들은 바로 옷을 갈아입고 나오겠지만, 지휘자는 땀에 젖었을 테니 샤워를 하고 혼자서 늦게 나올 것이 틀림없다.

대기실 입구에서 기다리고 있으면 반드시 나타난다.

그렇다.—그렇다.

쿠도 야스오는 호주머니 속의 칼을 꽉 쥐고 홀 옆으로 돌아 대기실 입구 쪽으로 걷기 시작했다.

—차가운 바람이 불어와 누군가가 버렸던지 떨어뜨렸을 음악회 티켓을 날아오르게 했다.

1화
택시

1

"-뭐야 이거."

네모또는 그렇게 중얼거리고 분풀이로 클랙슨을 빵빵 요란하게 눌렀다.

그렇다 해도 그 소리를 듣고 놀라는 것은 어딘가의 도둑고양이 정도였을 것이다. 홀 앞은 이미 완전히 인적이 끊겼던 것이다.

시계가 고장 나 있던 것이 착각의 원인이었다. 20분이나 늦었다.

게다가 앞에 태웠던 손님이 내릴 때에 잔돈이 없다며 집에서 가져온다고 하더니, 집안에 들어간 채 15분이 지나도 나오지 않았다.

더 이상 참을 수가 없었던 네모또가 초인종을 누르자 떫은 표정을 한 아주머니가 나와서, 남편은 취해서 집에 들어오자마자 잠들었다고 했다.

무슨 소리요! 빨리 요금을 지불하라는 네모또를 아주머니는 믿지 않는 모습이었지만, 이것은 영업이었다. 포기하지 않고 끈질기게 버티고 있자 다행히 남편이 흐리멍덩한 눈을 하고 일어나 나왔다.

ー가까스로 돈을 받긴 했지만, 네모또로서는 바가지를 씌웠다는 듯이 의심하는 것에 화가 나서 당분간은 손님을 태울 마음이 생기지 않았다.

겨우 마음을 진정시키고 보니, 마침 자주 손님들이 줄서 기다리는 음악회용 홀 근처를 달리고 있었다. 시간도 9시 조금 지나서였다.

지금 타이밍이라면 반드시 태울 손님이 있으리라 예상하고 홀 앞으로 차를 돌렸던 것이다. 그런데 도착해 보니 홀 앞에 인적이라고는 없고 다른 택시의 모습도 없었다.

아주 일찍 끝난 걸까? 시계를 보고 확인 차 라디오를 틀어

보니, 아니, 시계가 20분이나 느렸던 것이다.

연달아 재수 없는 밤이었다.

이제 오늘은 그만 돌아가서 잠이나 잘까? 네모또는 그렇게 생각했다.

하지만 실제로는 그럴 수 없다는 걸 알고 있었다. 집에 가서 한잔하고 내뒹굴어 자버리는 것—지금은 그걸 상상하는 것이 네모또의 즐거움이었다.

상상하는 것만으로 끝나지 않았으면 더욱 좋겠지만, 그러나 그런 마음 편한 행동을 할 처지가 아니었다.—네모또의 벌이는 요즈음 쭉 신통치 않았다.

회사 쪽에서는 좋은 얼굴로 대하지 않았다. 하여튼 이제 나이가 들었다.

퇴직하는 게 어때?—때때로 얼굴을 마주하면 사장의 얼굴에는 늘 그렇게 쓰여 있었다.

그 말을 꺼내지 않는 이유는 2대째 사장으로서 부친 때부터 쭉 회사를 위해 일해 온 고참 운전수를 해고할 수는 없다는 마음이 있었기 때문이다.

하지만 다른 데와 마찬가지로 네모또의 회사도 불경기였다. 아니, 택시 그 자체로서의 벌이는 결코 떨어지지 않았다.

젊은 사장이 어설픈 야심을 품고 부동산이니 빌딩 임대업이니하며 그런 것에 손을 댄 것이 잘못으로, 회사는 큰 손해를 보고 말았다.

그래서 요즈음 오래된 사원에 대한 '권고사직' 소문이 나돌게 되었다. 노조라 해도 약한 것이었다.

"회사가 망해도 좋아?"

이렇게 말해오면 노조도 동요했다.

네모또는 노조 쪽에서까지 은연중에 퇴직을 권고받았을 정도였다.

하지만―하지만 그만둘 수는 없다. 어떻게 해서든 일을 하지 않으면…….

"어―?"

네모또는 브레이크를 꽉 밟았다.

지금 누군가가 손을 들고 있었던 것 같은데……. 착각인가?

네모또는 뒤를 돌아보았다. ―젊은 아가씨가 빠른 걸음으로 다가왔다.

"―타도 돼요?"

아가씨가 차 안을 들여다보듯 하며 말했다.

네모또는 자동문을 열어주었다.

올라탄 아가씨를 보고 네모또는 다소 놀랐다. 젊다―라기보다 기껏해야 아직 고등학생, 그것도 1학년 정도로 보였다.

어디 교복인지 감색 블레이저에 점퍼스커트.

그런데 여학생이 이런 시간에 어디로 가는 것일까?

하지만 어디까지나 손님은 손님이다.

"―어디로?"

네모또는 차를 움직이며 말했다.

"저, 저기―여기로 가 주세요."

그 여학생은 큰 스포츠 백을 무릎 위에 올려놓고 있었다. 블레이저의 주머니에서 종이를 꺼내 네모또에게 건넸다.

"잠깐만."

네모또는 다시 차를 세우고 그 메모를 펼쳤다. ―눈썹을 조금 찌푸리더니 말했다.

"꽤 먼데."

"네. 괜찮아요."

이어서 그 아가씨가 다시 말했다.

"저―돈은 가지고 있어요."

지갑을 꺼낸다.

"아니 됐어. 한 시간 이상 걸릴 거야."

"네. 부탁드려요."

기분 좋은 말씨였다.

최근에는 중학생―때로는 초등학생도 꽤 택시를 이용했다. 그러나 이런 식으로 말하는 아이는 좀처럼 없었다.

네모또는 차를 출발시키고 미터기를 '주행'으로 했다.

꽤 귀여운 소녀라고 네모또는 생각했다. 아니 물론 네모또라고 해도 나이는 들었지만, 귀여운 여자 아이가 싫지는 않았다.

"―학교 수업이 지금까지 있었나?"

네모또는 말했다.

"네. ―서클 활동으로 늦어져서."

소녀가 답했다.

"그것 힘들겠군."

네모또는 그렇게 말하고 고개를 끄덕였다.

네모또는 그다지 손님에게 말을 거는 편은 아니었다.

손님 입장에서 보면 듣고 싶지도 않은 푸념 따위를 듣는 것도 폐만 될 뿐이라고 생각하기 때문이었다.

하지만 이 시간, 길은 특별히 붐비지도 않았고 차는 기분 좋은 템포로 달리고 있었다.

"몇 살이야?"

네모또는 물었다.

"열여섯이요."

"열여섯이라……. 좋군, 젊어서."

―네모또는 얼마 동안 아무 말 없이 차를 달렸다.

빨간 신호에 걸리는 일도 없이 한참을 달리고서야 조금 붐비기 시작했다.

"공사로군.―정말 뭐 하러 같은 곳을 파고 또 파는지 몰라."

네모또는 그렇게 푸념을 하고 나서 소녀를 향해 물었다.

"서클 활동은 무얼 하고 있지?"

대답이 없었다. 뒤돌아보니 소녀는 잠들어 있었다.

네모또는 자기도 모르게 미소를 지었다. 그 정도로 소녀의 잠든 얼굴은 천진난만했다.

서클 활동으로 지쳤나…….

앞 차가 서서히 나아가기 시작했다.

공사로 한쪽 길만 통행이 되었다.―뒤에서 요란하게 클랙슨이 울렸다.

잠시 백미러로 눈을 돌렸다. 무리하게 끼어든 차가 있었던 듯했다.

네모또는 지금까지 사고를 일으킨 적이 없었다. 무리하지 않는다는 원칙을 철저히 지켰기 때문이었다.

"좀 더 빨리 가 줘요."

때로는 이렇게 말하는 손님도 있었지만, 안전하게 모시는 게 제일이라는 것이 네모또의 신념이었다.

―어휴.

간신히 공사 구간을 빠져나와 순조롭게 달리기 시작했다.

소녀는 변함없이 새근새근 자고 있는 듯했다.

이상한데 하고 생각하기 시작한 것은, 네모또가 지름길로 가려고 좁은 샛길로 들어섰을 때였다.

차가 한 대 따라오고 있는 것이었다.

택시는 아니었다. 밤이라서 라이트밖에 눈에 들어오지 않았지만, 승용차임에 틀림없었다.

이 샛길은 우선 택시 운전수 이외에는 거의 모르고 또 이용하지 않았다.

물론 샛길이라는 것은 어느 사이엔가 알려져 이윽고 큰길을 지나는 것과 다르지 않을 정도로 붐비기 시작하는 법이지만, 그렇다 해도 저렇게 바싹 따라오는 것은 이상했다.

마치 이 택시를 미행해 오는 듯했다.

―그래. 분명히 미행당하고 있다.

뒤차는 어디를 어떻게 도는지 전혀 모르는 듯했다. 오른쪽으로도 왼쪽으로도 깜박이를 켜지 않았다. 단지 네모또의 차에 열심히 달라붙어 오고 있는 것이었다.

미행당한다는 것은 그다지 기분 좋은 일은 아니었다. 특히 이런 곳에서.

언제부터 따라온 걸까?

혹시―이 여자 아이를?

아니, 네모또가 미행당할 만한 기억은 없다. 그렇다고 하면 당연히 이 소녀가…….

네모또는 일부러 깜박이를 켜지 않고 급커브를 돌아 언덕길을 단숨에 올랐다.

따라오던 차는 초조해하는 모습이었다. 완전히 돌지 못하고 허둥대는 것을 백미러로 알 수 있었다.

그래.―여기서 단숨에 떨어뜨려 주지.

네모또는 힘껏 액셀을 밟고 샛길로부터 넓은 길로 뛰쳐나왔다.

"아……."

부웅 하는 가속 쇼크로 몸이 흔들렸던지, 소녀가 놀라 눈을 뜨며 소리를 냈다. "아―저, 잠들었었나 봐요."

"그런 것 같네."

네모또는 말했다.

"얼마나 잤어요?"

"20분 정도 되나."

"그래요……. 앞으로 얼마나 걸릴까요?"

"글쎄. 길이 안 막히면 20분 정도?"

"그래요?"

소녀는 숨을 들이쉬고 무릎 위의 가방을 고쳐 안았다. 완전히 잠이 깨지 않았는지 머리를 흔들고 눈을 깜박였다.

네모또는 백미러를 힐끗 쳐다보았다. ―보이는 것은 트럭 한 대 뿐이었다.

"―이 택시를 미행하는 차가 있었어."

네모또가 그렇게 말하자 소녀가 깜짝 놀라 숨을 들이쉬는 기색이 있었다.

"따돌렸지만 말이야, 뭔가 미행당할 일이라도 있는 거

야?”

“아니오.”

소녀는 바로 대답했지만 그 겁먹은 듯한 말투가 대답을
부정하고 있었다.

“그래?—뭐 내가 상관할 바는 아니지만.”

네모또는 어깨를 움츠렸다.

조금 달리다 빨간 신호로 서자 소녀는 불안한 듯이 뒤쪽
을 돌아보았다.

“괜찮아. 안 따라와.”

네모또는 말했다.

“미안해요.”

소녀가 숨을 내쉬며 말했다.

“아니 사과할 필요는 없어.”

신호가 바뀌었다.—차가 움직이기 시작했다.

“저, 집을 나왔어요.”

소녀가 말했다.

“가출?”

“네……. 참지 못할 일이 있어서. 도저히—.”

소녀는 울고 있는 듯했다. 네모또는 아무 말도 하지 않았

다. 택시 운전수가 손님의 개인 사정에 관여해서는 안 되는
일이었다.

손님 중에는 이러쿵저러쿵 말을 거는 사람도 있었다. 그
러나 네모또는 언제나 적당히 듣고 흘려버렸다.

"─이제 금방이야."

네모또는 말했다.

그때 바싹 다가오는 차의 라이트가 백미러에 비쳤다.

"아까 그 차다."

"따라왔어."

네모또는 말했다.

"어쩌지!─세우지 말아요, 부탁이에요!"

소녀가 몸을 움츠렸다.

"맡겨둬."

네모또가 액셀을 힘껏 밟아 앞을 달리던 큰 트럭을 단숨
에 추월했다.

트럭이 요란하게 클랙슨을 울렸다. 네모또는 트럭 바로
앞으로 바짝 붙어서 달렸다. 뒤차 쪽에서는 트럭에 가려져
택시가 보이지 않을 것이다.

꽤 초조해 하고 있음에 틀림없다. 어떻게 해서든지 트럭

을 추월하려고 할 것이다.

─왔다.

설마 택시가 트럭 바로 앞에 있으리라고는 생각지도 않은 것이다.

훨씬 앞으로 가버렸다고 생각하는 것이 당연하다.

트럭을 추월한 기세로 그 차는 네모또의 차보다 더욱더 앞으로 달려가고 말았다. 앞쪽밖에 보고 있지 않은 것이다.

네모또는 재빨리 트럭의 옆으로 나와 속도를 떨어뜨리고 트럭의 뒤로 돌아왔다.

"저 차, 앞쪽만 찾고 있어. 우리는 조금 멀리 돌아가는 길이지만 다른 길로 가자."

네모또가 말하자 소녀는 온몸으로 숨을 내쉬었다.

택시는 사거리를 돌아서 조용한 주택지로 들어갔다.

2

"─이 부근인가?"

네모또는 차를 세우고 돌아보았다.

"네, 그럴 거예요. 저도 잘은 모르지만요."

소녀는 조금 불안한 듯 말했다.

“괜찮겠어? 함께 찾아줄까?”

“아니오! 천만에요. 괜찮아요. 어딘가에서 전화라도 걸면 마중 나와 줄 거예요.”

그렇다고는 해도 한적한 주택지여서 가게 한 채, 전화박스 하나도 눈에 띄지 않았다. 하지만 그 이상 말하는 것도 지나친 간섭이 될 것 같은 생각이 들었다.

“그래?”

네모또는 고개를 끄덕였다.

“그럼……..”

소녀는 요금을 내고 말했다.

“저—거스름돈은 괜찮아요. 조금이지만 받아 주세요.”

“무슨 소리.”

네모또는 웃으며 정확히 잔돈으로 거스름돈을 내밀었다.

“그래도—.”

“여분으로 받는 것은 회사용 손님뿐이야. 잔돈이라도 없으면 곤란할 때가 생길지도 몰라.”

소녀는 살짝 미소를 띠었다. 어린아이 같은 웃는 얼굴이었다.

“그럼—고마워요.”

소녀는 돈을 받아 잔돈 지갑에 넣었다.

"고맙습니다."

차에서 내린 소녀가 인사를 했다.

"그쪽은 손님이야. 인사는 이쪽이 해야지."

네모또는 웃으며 말하고는 "그럼, 조심해 가."하고 손을 들어 보였다.

한산한 길이었다. ―유유히 유턴해서 왔던 길을 되돌아가자 소녀가 정중히 고개를 숙이고 있는 것이 얼핏 보였다.

정말이지 드문 아이다.

조금 달리다 네모또는 브레이크를 밟았다.

―쓸데없는 짓이야. 그래, 평소처럼 손님 일에는 참견하지 않는 것이 현명하다.

알고 있다. 하지만 알고 있다해도 해버리고마는 일이 '인간'에게는 있는 법이다. 차를 옆으로 세우고는 엔진을 껐다. ―갑자기 아주 조용해졌다.

꽤 산을 올라왔다. 새로운 주택지로 아직 개발 중인 마을이었다.

도로도 사람의 왕래가 없고 가로등도 적었다. 차에서도 여기저기에 '치한 조심'이란 팻말이 보였다.

역시 저런 여자 아이를 홀로 가게 할 수는 없다.

네모또는 차에서 내려 소녀를 내려준 장소 쪽으로 되돌아 갔다. —소녀의 모습은 보이지 않았다. 어디로 간 걸까?

옆으로 들어가는 도로를 들여다보자 그 소녀의 뒷모습이 멀리서 보였다. 마침 잘됐다. 살짝 따라가자.

저 여자 아이가 스스로 잘 찾아가면 그걸로 됐고, 헤매는 듯하면 말을 걸면 되는 거다.

네모또는 바닥이 고무제인 구두를 신고 있어서 그다지 소리가 나지 않았다. 소녀는 전혀 눈치 채지 못하는 모습이었다.

—소녀가 발을 멈추는 것이 보였다.

아파트 같은 건물 앞이었다. 아무래도 그곳이 목적지인 듯했다.

잘된 일이다. 네모또는 안심하고 돌아가려고 했다.

그런데 소녀는 아파트 안으로 들어가려고 하지 않고 그저 서 있을 뿐이었다. 어찌된 일일까?

아파트 맞은편 도로의 꽤 앞쪽에 전화박스가 보였다. 소녀는 잠시 주저하는 모습을 보이다가 아파트 앞에서 전화박스 쪽을 향해 걸어갔다.

소녀가 전화박스 안에 들어가는 것을 네모또는 원래 장소
에서 멀리 바라보고 있었다. 갑자기 찾아왔으니 일단 전화하
고 나서 하고 생각한 것일까? 정말 예의바른 아가씨이다.

소녀가 전화박스 안에 들어간 지 5, 6분이 지났다. 아파트
에서 누군가가 나왔다.

네모또는 가까운 전신주 뒤에 몸을 숨겼다.

"너무하잖아."

여자의 목소리가 들렸다.

"또 전화한다고 했잖아."

이것은 젊은 남자 소리 같았다.

"빨리 가. 그 녀석이 오면 곤란하니까."

"어차피 나는 방해만 된다 이거지?"

여자가 토라졌다.

"바보같은—. 빨리 가. 나중에 다 갚아 줄 테니까."

"약속하기야."

"알았다니까. 그럼 잘 가."

불만스런 표정으로 여자는 네모또가 숨어있는 쪽으로 걸
어왔다. 취해 있는지 걸음걸이가 조금 불안했다.

그 여자는 네모또를 지나쳤다. —바로 근처를 지났을 때

싸구려 향수 냄새가 확 퍼졌다.

남자는 아파트 앞에서 불안한 모습으로 서 있었다.

이윽고 그 소녀가 걸어오는 것이 보였다.

"어이! 여기야."

남자가 손을 흔들며 달려갔다.

"잘 찾았구나."

"—미안해요."

소녀가 말했다.

"불쑥 찾아와서. —어딘가에서 전화하고 싶었지만."

"상관없어. 전철로 왔어?"

"택시. 아주 친절한 기사 아저씨 덕택에."

"다행이구나. 춥지? 안으로 들어가서 뭔가 따뜻한 거라도 마셔."

"응."

소녀가 한손으로 가방을 고쳐 들고 남자의 몸에 바싹 붙어 함께 아파트로 들어갔다.

—가출해서 남자한테 온 건가.

그러나 남자 쪽은 아주 노는 사람으로 보였다. 아마 여자 아이도 그것을 어렴풋이 느끼고 있을 것이다.

두 사람의 모습이 아파트 안으로 사라지자 네모또는 길을 되돌아갔다.

그 두 사람이 무슨 관계이건 네모또가 거기까지 참견할 일은 아니었다.

바람이 불어와 네모또는 추위에 어깨를 움츠렸다. —그 소녀도 머지않아 추위가 몸에 스며들게 될지도 모른다.

“—검문인가.”

네모또는 얼굴을 찡그렸다.

차에 타고 그 소녀가 내린 장소에서 되돌아가려던 도중이었다. 15분가량 달려온 곳에서 빨간 불이 여러 개 움직이고 있었다.

그 외에도 두세 대의 택시가 세워져 있었다.

경찰이 다가와서 네모또가 창문을 내리자 말했다.

“잠시 저쪽으로 차를 대 주시죠.”

“예.”

네모또는 길가로 차를 댔다.

“내리세요.”

경찰이 말했다.

“무슨 일인데요?”

“좌우간 내리세요.”

네모또는 어깨를 움츠렸다. 밖으로 나와 숨을 들이쉬자 누군지 양복을 입은 남자 세 명이 빠른 걸음으로 다가왔다.

“이 차다!”

한 명의 남자가 네모또의 차를 보자마자 말했다.

“이 택시 맞아!”

“무슨 일입니까?”

네모또는 말했다.

“당신 조금 전에 여자 아이를 태웠었지?”

한 사람이 단정 짓는 듯한 어조로 말했다.

“잘못됐습니까?”

“교복 차림의 여자 아이로 스포츠 가방을 가지고 있었는데?”

“예.”

“내 차를 따돌렸지?”

한 명이 화난 듯이 말했다.

“잠깐.”

나이 든 남자가 가로막으며 신분증을 보여 주었다.

“—우리는 K경찰서 사람이다.”

“형사?”

“그래. ―이 친구의 차를 따돌렸나?”

그가 젊은 형사 쪽을 보았다.

“경찰차인 줄은 몰랐으니까요.”

네모또가 계속해서 말했다.

“수상한 차가 뒤따라오면 기분 나쁘니까요.”

“그렇겠지.”

나이 든 형사는 쓴웃음을 지으며 말했다.

“상당한 베테랑인 듯하군.”

“글쎄요. 주변의 젊은이들에게 지지는 않죠.”

네모또는 말했다.

“그 여자 아이를 내려준 곳은?”

“여기에서 15분 정도 걸리는 곳입니다.”

“그곳까지 데려다주지 않겠나?”

“그거야 괜찮지만……. 그 여자 아이가 무슨 일이라도 저질렀습니까?”

“자기 아버지 회사의 돈을 훔쳤다네.”

형사의 말에 네모또는 깜짝 놀랐다.

“돈을?”

“분명 가지고 있던 스포츠 가방에 들어 있었을 거야.”

“얼마 정도 훔쳤습니까?”

“현금으로 이천만 엔.”

“예?”

네모또는 놀라서 눈이 휘둥그레졌다.

“필사적으로 뒤쫓던 것도 이해하겠지?”

“예. 하지만 그렇다면 어째서 도중에 이 차를 세우지 않고 쫓아온 겁니까?”

네모또는 말했다.

“여자 아이를 부추긴 녀석이 있어.”

“남자?”

“그래. 소녀가 필시 그 녀석한테 갈 것이라 생각해서.”

“그럼―훔치는 걸 알면서도 지켜봤던 거요?”

네모또의 질문에 형사들은 잠시 서로를 쳐다보았다.

“―그것은 당신이 알 필요 없네.”

나이 든 형사가 말했다.

“좌우간 우리를 그곳으로 데려다주면 그걸로 된다네.”

“싫다면?”

젊은 형사가 말참견을 했다.

"공무 집행 방해로 연행할 수도 있어요."

"쓸데없는 소리하지 마. ㅡ자, 갈까?"

"알았소."

네모또는 어깨를 움츠리며 "그런데 당신ㅡ."하고 젊은 형사를 향하여 말했다.

"이제부터는 따돌려지지 않도록 운전 연습을 좀 더 하시지."

네모또는 택시로 돌아가서 문을 열었다.

"타고 갈 거요?"

"아니, 우리 차로 뒤를 따르지."

"알았소. 그럼 이번에는 천천히 가겠소."

네모또의 말에 젊은 형사는 불끈하는 표정을 지었다.

ㅡ네모또는 밤길을 달려갔다.

물론 막 지나온 길이었다. 정확히 기억하고 있었다.

20분 정도 달린 곳에서 네모또는 택시를 옆으로 대고 세웠다.

뒤차가 서고 형사들이 내렸다.

"ㅡ이 부근이오."

네모또는 창문을 내리고 말했다.

“소녀가 어디로 갔는지 아나?”

“그것까지는 모르겠소. 단지 여기서 세워 달래서 내려줬을 뿐이오.”

“그래?”

나이 든 형사가 끄덕였다.

“이 부근을 찾아보자.”

“이제 가도 되겠소?”

네모또가 물었다.

“음. ―그래. 택시 카드를 한 장 받아두지. 뭔가 물어볼 일이 있으면 연락하지.”

“자고 있을 시간에는 깨우지 마시오.”

이렇게 말하며 네모또는 카드를 건넸다.

“그런데 형사 양반.”

“무슨 일이오?”

“그 소녀, 이름이 뭐요?”

“그런 거 물어서 뭐하게?”

“별거 아니고―그저, 착한 아이 같아서.”

“맞아.”

형사는 끄덕였다.

"아버지가 회사를 경영하는데, 그야말로 여자에 싸여서 실컷 놀았지. 딸은 그런 아버지에게 반항을 하다 나쁜 친구들과 어울리기 시작했고. 흔히 있는 패턴이지."

"그랬군. 그 상대가—."

"마침 이쪽에서 찾던 녀석이었어."

"그래서 여자 아이가 돈을 훔치는 것을 잠자코 보고 있었소? 그건 너무하잖소?"

나이 든 형사는 잠시 쓴웃음을 지었다.

"그 아이의 아버지가 그러라고 했지. 그런 딸은 잠시 소년원에라도 보내는 편이 낫다고 말이야."

"—그랬군."

"수고했어. 뭔가 기억나거든 알려 주게."

형사는 이렇게 말하며 막 가려다 다시 뒤돌아보고서 말했다.

"딸의 이름은 나오미라고 하네."

네모또는 가볍게 숨을 내쉬었다.

"나오미라고……."

택시는 유턴해서 다시 길을 되돌아갔다.

네모또는 조금 달리다 속도를 떨어뜨렸다.

"이 부근이었는데……."

형사들을 조금 더 먼 곳까지 데려가 버린 것이었다.

그래.—분명히 그 아이가 들어간 곳은 이 길이다. 핸들을 꺾고 조금 가자 멀리에 그 전화박스가 보였다.

그래.—저 아파트다.

속도를 줄인 때였다. 아파트에서 누군가가 종종걸음으로 급히 뛰쳐나왔다.

3

잠바에 청바지 차림의 젊은 남자였다.

라이트를 보고 놀란 듯하다가 택시라는 걸 알자 손을 크게 흔들었다. 네모또는 차를 세우고 창문을 내렸다.

"—무슨 일이요?"

"마침 잘됐다! 태워줘요."

그 청년이 달려와 말했다.

스포츠 가방을 들고 있었다.—그 소녀가 가지고 있던 백이었다.

"이제 회사로 돌아가는 건데."

네모또는 지겨운 듯이 말했다.

“그런 말 하지 말고. 자, 부탁할게요. 이 부근엔 택시가 잘 안 와요. 돈은 많이 드릴게. 어때요?”

“어디로 가는데요?”

“어디라도—아니, 도심까지. 요금은 충분히 줄게요.”

“이제 아주 지쳐서 말이지. 어지간히 주지 않으면 갈 수 없는데요.”

“그러지 말고. 한 번 부탁해요.”

청년은 흘끗 뒤를 돌아보았다.

“동행이라도 있는 거요?”

“아니, 나 혼자요.”

청년이 고개를 흔들었다.

“알았소. 타요.”

“아 살았다.”

문이 열리자 청년은 뒷좌석에 올라타 털썩 앉았다.

“자 출발하죠.”

네모또는 천천히 차를 움직였다.

전화박스 옆을 지나 조금 가다가 브레이크를 밟았다.

“왜 세우는 거요?”

청년이 말했다.

"아무래도 피곤해서 졸음이 올 것 같아. 담배 한 대 피우고 갑시다."

청년이 숨을 들이쉬었다.

"—빨리 피우세요."

"좀 기다려 줘요."

네모또는 문을 열고 밖으로 나가 주머니에서 담배를 꺼냈다. 불을 붙이고 차에 기대어 느긋이 연기를 내뿜었다.

멀리에 그 아파트가 보였다. 입구 부근이 조명으로 희미하게 밝았다.

"이봐요. 아직이요?"

청년이 창문을 내리고 재촉했다.

"한 대 피우는 거요. 몇 분 안 걸려요."

네모또는 아파트 쪽을 보았다.

—사람의 그림자가 나타났다. 조그만 그림자.

그 소녀다.

소녀 쪽에서는 택시가 보였는지 어떤지. 좌우간 소녀는 눈치 채지 못하고 반대 방향으로 걷기 시작한 것 같았다.

멀리서 보아도 힘없는 발걸음을 알 수 있었다. —네모또는 청년 쪽을 보았다.

청년도 그 소녀가 나온 것을 눈치 챈 듯했다. 뒤쪽으로 몸을 꼬듯이 하고는 응시하고 있었다.

네모또는 담배를 던져 버렸다.

"빨리 출발하죠."

네모또가 운전석에 돌아오자 청년이 말했다.

네모또는 핸들에 손을 얹었지만 시동을 걸려고는 하지 않았다.

"―이봐요. 뭐하는 거예요!"

청년이 초조해하며 외치듯이 말했다.

"선불로 받을까요?"

네모또는 말했다.

"안 그러면 달릴 기분이 들지 않을 것 같아서요."

"뭔가 약점이라도 잡았다 이건가?"

청년은 화가 난 듯이 혀를 찼다.

"―얼마면 돼요?"

"글쎄―. 이천만 엔."

청년이 새파랗게 질렸다.

"아니 당신―."

"남겨두고 왔군. 그 아이를."

네모또는 말했다.

"너 때문에 돈을 훔친 그 아이를—나쁜 녀석이군."

"그렇군……. 그러면 나오미를 태워 왔다는 게 당신이야?"

"그 아이는 아파트에 가기 전에 저기 전화박스에서 너에게 전화했어. 아파트에서 여자가 나오는 것도 보았지. 그래도 너를 믿으려고 했다. 부끄럽지도 않나?"

"무슨 참견이야!"

청년이 오른손을 꺼냈다. 찰칵 하는 소리가 들리고 은색의 칼날이 네모또의 목덜미에 닿을 듯 다가왔다.

"쓸데없는 일에 상관 마! 입 다물고 달려."

"여기서 내가 클랙슨을 누르면 경찰이 뛰어올 걸."

네모또가 말했다.

"길 하나 건너편에 경찰차가 있어."

"함부로 말—."

청년이 말을 끊었다.

사이렌 소리가 들렸다. 다가왔다.

"이 부근을 수색하고 있어. 점차 수가 늘 걸."

"제길—."

청년의 뺨에 땀이 배어났다.

"나를 죽일 정도의 배짱은 없겠지? 그럼 내려서 걸어 도망쳐. 차로 가면 반드시 검문에 걸릴 거야."

네모또는 천천히 돌아보았다.

"─어쩔 거야?"

청년은 번쩍이는 눈으로 네모또를 노려보다가 나이프 칼날을 집어넣었다.

"누가 잡힐 것 같아?"

청년은 이렇게 외치며 문을 밀치고 밖으로 나갔다.

가방을 손에 든 청년의 모습은 순식간에 어둠 속으로 사라져 갔다.

─네모또는 후─하고 숨을 내쉬었다. 등줄기에 식은땀이 흘러내렸다.

침착한 척했지만 사실 조마조마했다. 그것도 당연할 것이다. 그런 식으로 칼을 들이댈 줄은 생각지도 못했기 때문이다.

경찰차가 점점 다가오고 있는 듯했다. 필시 도망치기는 어려울 것이다.

네모또는 뺨의 땀을 훔치고 시동을 걸었다.

유턴해서 아파트 앞을 지나 원래 길로 나왔다.

달려가다 보니 이윽고 혼자서 걸어가는 소녀의 뒷모습이 눈에 들어왔다.

속도를 줄이고 소녀 옆으로 차를 붙여 세웠다.

"뭐야? 너구나."

창문을 내리고는 말을 걸었다.

"아……"

소녀가 깜짝 놀란 모습으로 당황하다가 손등으로 눈물을 닦고 말했다.

"좀 전의―."

"우연이네."

네모또는 미소를 지었다.

"어디 가는 거지?"

소녀는 눈을 아래로 숙였다.

"―모르겠어요."

"그래?―나는 잠깐 졸고 있었지. 한숨 잤더니 정신이 들었어. 이제 돌아가는 거야. 타고 갈래?"

"하지만……."

소녀는 망설였다.

“싫어?”

“그렇지 않아요. 하지만……. 저, 돈이…….”

“괜찮아. 어차피 돌아가는 거야. 돈은 필요 없어.”

“그럴 수는―.”

“게다가 말이지, 택시라는 것은 정확히 구역이 정해져 있거든. 이 부근에서 손님을 태우면 안 되는 거야.”

“―정말로 괜찮을까요?”

“그래.”

네모또는 문을 열었다.

“감사합니다.”

소녀는 뒷좌석에 타려다가 잠시 멈췄다.

“저―.”

“무슨 일인데?”

“혹시 괜찮으시다면……. 앞에 타도 될까요?”

네모또는 미소를 지었다.

“물론이지. 자 어서 타.”

“실례하겠습니다.”

소녀는 앞자리에 올라탔다.

“그럼 갈까?”

택시는 달리기 시작했다.

경찰차 한 대가 사이렌을 울리며 스쳐 지나갔다.

"─무슨 일인가 있었던 것 같군."

네모또가 말했다.

"아까부터 여러 대가 지나갔거든."

"누군가를 잡으러 가는 거예요."

소녀는 말했다.

"그럴지도 모르겠군."

소녀는 가만히 앞을 바라보고 있었다.

"하지만─체포되는 사람이라해서 한 사람 한 사람 모두가 다 나쁘진 않아요. 어쩔 수 없는 때도 있으니까요."

"그렇지."

"하고 싶지 않은데 그럴 수밖에 없는 일도……."

네모또는 소녀 쪽을 보지 않았다.

눈물을 필사적으로 참고 있다는 것을 알 수 있었다.─지금 이 교복의 여학생은 자신과 싸우고 있는 거라고 생각했다.

누구라도 성장할 때에는 홀로이다. 자기만의 힘으로 클 수밖에 없다.

―얼마 동안 차를 달리다가 네모또는 물었다.

"―어디로 가니?"

소녀가 조용히 숨을 내쉬었다.

네모또가 얼핏 쳐다보니 소녀는 아직도 말없이 앞쪽을 바라보고 있었는데, 이미 눈에 눈물은 없었다.

표정은 침착하고 평온해져 미소마저 띄우고 있었다.

"집으로 돌아가겠어요."

소녀는 말했다.

"그래?―그편이 좋지."

"데려다 주실 거예요?"

"그래. 멀리 돌아가도 괜찮아."

소녀가 잠시 웃었다.

"뭐가 이상해?"

"아니―그러면 영업이 안 될 거라고 생각해서."

"그렇군."

네모또도 함께 웃었다.

"괜찮아. 손해 보는 것은 회사지 내가 아니니까 말이야."

―택시가 커다란 집 앞에 섰다.

"훌륭한 집이군."

네모또는 말했다.

"네."

소녀는 끄덕였다.

"하지만 속은 텅 비었어요. 이런 건 집이 아니에요."

"그렇다 해도 돌아온 걸."

"네."

소녀는 다시 한 번 끄덕였다.

"하지만—틀림없이 언젠가 또다시 여기에서 나올 때가 올 거예요. 그럴 생각이에요."

"그때는 마중 나와 줄게."

소녀는 네모또의 얼굴을 가만히 바라보았다. 눈이 빛나고 있었다.

"—고마워요. 그렇게 해 주세요. 꼭."

소녀가 차에서 내려 그 커다란 집 앞에 서자, 네모또는 차를 출발시켰다. 백미러 속에서 소녀가 손을 흔들고 있었다.

소녀가 집에 들어갔는지 어떤지.—네모또는 알 수 없었다.

신경 쓰이지 않는 것은 아니었지만, 그러나 그것은 이미 네모또에게는 아무런 관계도 없는 일이었다……

“그렇고 말고.”

네모또는 중얼거렸다.

“나는 그저 택시 운전수니까…….”

길가에 손을 들고 있는 남자가 보였다.

네모또는 속도를 줄이고 차를 그쪽으로 세웠다.

2화
금연

1

덜컥 고개가 떨어지자 이찌다 이찌로는 깜짝 놀라 잠에서 깨어났다.

"아아…… 빌어먹을! 잠들어 버렸네."

이찌다는 중얼거리며 세차게 머리를 흔들었다.

이 낡은 소파에서 잠들어 버린 것이니 어지간히 졸린 걸 것이다. 뭐, 그것도 당연한 일이었다.

어쨌든 벽시계를 보면 알 수 있듯이 지금은 한밤중인 12시.

평소라면―그리고 보통의 학교라면 아무리 열심인 교사

라고 할지라도 그런 시간까지 학교에 남아있지는 않을 것이
다.

낮에 자는 것이라면 또 몰라도 낮엔 정확히 수업을 하고
있었다.

이 시간에 졸리는 것은 당연한 인간의 생리현상이었다.

하지만 아무리 그런 핑계를 대 봐야 아무런 소용이 없었
다. 이것도 일의 하나인 것이다.

정말이지. ─이찌다는 고개를 내저었다. 언제까지 이런 일
을 계속히는 거지?

이찌다는 소파에서 일어나 크게 기지개를 켰다.

"─코마쯔 선생님은 어떻게 된 걸까?"

중얼거리며 이찌다는 응접실을 나왔다.

복도는 어두침침하고 썰렁했다. ─불은 켜져 있었지만, 물
론 전부는 아니었다.

이찌다는 조금 몸서리를 쳤다. 한밤중의 학교라고 하는
곳은 그다지 좋은 곳은 아니었다.

물론 그냥 비어 있는 건물이라고 생각하면 아무것도 아니
고 도둑이 들어올 일도 없겠지만, 그래도 좋아하게 될 만한
장소는 아니었다.

"직원실인가?"

이찌다는 중얼거리며 복도를 걸어갔다.

사립여자고등학교. ㅡ이곳에서 이찌다가 교사로 일해 온 지도 3년이 흘렀다.

학교 건물은 철근으로 되어 있고 수영장도 실내. 도심에 있는 것은 아니지만 그런 만큼 교정도 넓고 모자랄 것 없는 환경이라고 말할 수 있었다.

학생 수도 그다지 많지 않았다. 문제를 일으키는 학생도 거의 없어서 교사들도 아주 느긋하게 지냈다.

이찌다는 올해로 30살. 이전에는 도립고등학교의 교사였는데 결혼을 계기로 이 사립학교로 오게 되었다.

아내인 토모꼬가 이 학교 이사의 딸이었던 것이다. 물론 토모꼬는 이곳 졸업생이었다.

옮겨와 보니 여학생만 있어서 너무 얌전하고 성실했다. 교사로서의 일도 잡일이 줄어서 하기 편했다.

이찌다는 원래 교사가 되는 것이 꿈이었다고 하는, 요즈음으로는 귀중한(?) 교사였기 때문에 이곳에서의 생활에 충분히 만족하고 있었다.

집도 걸어서 10분 정도인 신흥단지에 있었다.

토모꼬와의 사이에는 작년에 여자 아이도 태어나고, 이찌다는 말하자면 뭐 하나 부족한 것 없는—물론 자잘한 것은 여러 가지 있다 해도—생활을 보내고 있었다.

그렇다. 바로 한 달 전까지는 말이다.

"역시 예상대로군."

이찌다는 중얼거렸다.

직원실에 불이 켜져 있었다. 코마쯔 선생님일 것이다. 분명히 내일 수업 준비라도 하고 있는 것일 것이다.

이찌다는 직원실 문을 확 열었다.

"코마쯔 선생님—."

책상을 향해 있던 코마쯔가 흠칫 뒤를 돌아보았다.—손에 쥐고 있는 것은 '담배'였다. 하얀 연기가 솟아오르고 뚱뚱한 중년의 교사 코마쯔의 주위에는 푸르스름한 연기가 자욱하게 끼어 있었다.

"아, 이찌다 선생님."

코마쯔는 당황하며 담배를 재떨이에—라고 생각했겠지만, 너무 당황한 탓에—책상 위에 펴 놓은 테스트 답안 용지에 꾹 짓눌러 버렸다.

당연히 종이는 탔고 검은 연기를 냈다.

"아아아."

코마쯔는 손바닥으로 문질러 보았지만, 일단 타서 구멍이 뚫린 것은 원래대로 돌아오지 않았다.

"아아."

―코마쯔가 소리를 냈다.

"다시 만들어야겠는데. 애써 오늘 하루 종일 걸려서 만들었는데……."

"코마쯔 선생님."

이찌다는 걸어가 코마쯔 옆에 서서 그를 내려다보았다.

"이거 곤란하지 않습니까!"

"미안하네."

코마쯔는 풀이 죽어 말했다.

"하지만…… 참을 수가 없었다네. 이해해 주게."

뚱뚱하고 몸집이 큰 코마쯔가 풀이 죽은 모습은 동정보다는 웃음을 자아냈다.

"그야 이해합니다."

이찌다는 고개를 끄덕였다.

"저도 역시―."

이찌다는 아직 그 주위에 떠돌고 있던 담배 연기를 들이

마셨다.

"하이라이트입니까?"

"아니, 마일드 세븐일세."

코마쯔는 말했다.

"조금 눅눅해져 있었지만."

"어쩐지 조금 냄새가 이상하다고 했어요."

이찌다가 말했다.

"이봐 이찌다 선생 부탁이니 이 일은 교장 선생님에게는
비밀로―."

"그만 하세요."

이찌다는 얼굴을 찌푸렸다.

"절 그런 남자로 생각하시는 겁니까? 말하지 않습니다."

"그래……. 아니, 고마워."

코마쯔는 휴우 하고 숨을 내쉬었다. 몸집에 비해 소심한
남자였다.

교사로서 이미 이 학교에 20년 가까이 재직하고 있었다.

"하지만."

이찌다는 말했다.

"직원실에서 피는 것은 좀 곤란합니다. 만일 학생들이라

도 보면 어떻게 합니까?”

사건의 발단은—“매번 감사합니다.”라는 지극히 당연한 문구에서 시작되었다.

그날 교장 선생님인 요시까와는 학교에서 10분 정도의 거리에 있는 신사에 와 있었다.

학교에서 단지와 역 쪽으로 가는 것과는 반대 방향에 있어서 이 신사 쪽에는 전혀 온 적이 없었다.

그랬던 것이 왜 일부러 찾아왔는가 하면, 오늘 이 신사에서 텔레비전 녹화를 하기 때문이었다.

학교도 지금은 광고(PR)의 시대.

여자 고등학교로서 어느 정도의 평판은 확립했지만 대학이 없다는 약점이 있어서 앞으로 학생이 되어야 할 아이들의 수가 줄어들었을 때 살아남기 위해서는 적극적인 PR을 할 필요가 있다는 것이었다.

하긴, 이것은 요시까와 자신의 의견이 아니라 이 기획을 들고 온 프로덕션 사람의 이야기였다.

물론 요시까와도 이 의견에 찬성해서 PR을 위해 비디오를 찍게 된 것이지만,—실제로는 자신이 스타처럼 비디오카메라에 찍혀서 고등학교 소개 프로로 텔레비전에 나온다는 사실에 마음이 움직인 것이라는 소문이었다.

뭐, 그것이 사실이라 하더라도 요시까와 교장 선생님을 비난할 수는 없을 것이다.

그렇게 눈에 띄고 싶어 하는 사람도 아니고, '착실한 여학교'의 교장으로서 부끄럽지 않은, 모범적인 생활을 보내고 있는 요시까와였다. 다소 텔레비전에 나와서 영광스러운 기분을 맛보고 싶다고 생각했다 하더라도 무리가 되는 일은 아니지 않을까…….

비디오 촬영은 3일에 걸쳐서 행해졌다. 첫째 날은 때 아닌 운동회 입장 행진과 전교생의 리듬 체조를 촬영했다.

둘째 날은 수업 광경에 대한 촬영으로 선생님들 모두 하나같이 최고의 멋을 부리고 와서 학생들의 놀림을 받았다.

그리고 셋째 날 바로 이날 —. 요시까와 교장 선생님이 대학 시험을 보는 학생들을 위하여 합격 기원 차 신사에 찾아왔다는 '감동적인 장면'의 촬영이 이루어졌던 것이다.

하지만 요시까와는 앞에서도 말했듯이 이 신사에 오는 것이 이번이 처음으로 평소에 그런 기도 따위 해 본 적도 없었다.

이른바 '짜고 하는 연기'이지만 뭐 학생들을 '내 자식'처럼 사랑한다고 하는 요시까와의 신념에 벗어나는 일도 아니었고, 이 정도의 '연기'라면 죄라고 할 수도 없을 것이었다.

하지만 지쳤다!

겨우 촬영이 끝나고 요시까와는 녹초가 되어 버렸다.

"아주 자연스럽게 아무렇지도 않게ㅡ."

배우가 아니니까 이런 말을 들어도 쉽게 될 수 있는 일이 아니었다.

열다섯 번이나 다시 찍게 되고 신사의 돌계단을 오르락내리락하여 요시까와의 무릎은 후들후들 떨렸다.

"ㅡ아이고."

겨우 촬영이 끝나고 스탭들은 기재를 정리했다.

요시까와는 담배를 한 모금 피우려고 주머니를 뒤졌다.

ㅡ아차.

오늘은 좀처럼 입지 않는 조끼 차림의 정장이어서 담배를 주머니에 넣지 않았다.

요시까와는 술은 마시지 않지만 담배는 하루에 두 갑을 피웠다. 단지 학교에서는 교장실 안에서만 피우고 담배를 손에 들고 있는 모습을 학생들에게는 보이지 않는다는 것을 신념으로 하고 있었다.

"담배, 담배."

어딘가에 자동판매기라도 있겠지 하며 둘러보던 요시까와는, 지금은 이미 그다지 눈에 띄지 않게 된 '담배'라는 간판에 시선을 멈췄다.

유리 케이스에 담배를 진열하고, 이미 70인지 80인지 되어 보이는 할머니가 졸고 있는 것인지 깨어 있는 것인지 분간할 수 없는 모습으로 앉아 있었다.

야, 옛날 생각나는군. ─지금도 이런 가게가 있는 건가. 요시까와는 반가워서 그 가게로 걸어갔다.

"피스 두 갑 주세요."

요시까와는 말했다.

"그게."

"여기요."

의외로 귀도 밝은 것인지, 그 할머니는 재빠르게 피스를 꺼냈다.

"장사 잘 됩니까, 여기서?"

돈을 내며 요시까와는 말했다.

"네, 그야 뭐."

할머니가 말했다.

"댁이 저 학교 교장 선생님이죠?"

"그런데요. 어떻게 알고 계시네요?"

요시까와는 말했다.

"아까부터 모두가 '교장 선생님'이라고 불렀으니까요. ―아무튼 매번 고마워요."

할머니가 머리를 숙였다.

"매번이라니,―저는 여기서 사는 게 처음인데요."

요시까와는 웃는 얼굴로 대답했다.

"아, 댁은 그렇죠. 하지만 항상 댁네 학생들이 담배를 사러 와 주니까 많은 도움이 되고 있어요."

할머니는 말했다.

요시까와는 그 말의 의미를 잘 이해할 수 없었다.

"―저기, 지금 뭐라고 하셨죠?"

"귀가 어두우신가?"

"아니, 그렇지는 않지만……. 우리 '학생'이 사러 온다고요?"

"네, 그래요."

―요시까와는 살짝 웃으며 말했다.

"놀리시면 안 됩니다. 우리 학교 학생은 고등학생이라고
요."

"알고 있어요. 매일 많이 사러 오니까."

"매일……. 뭘 사는데요?"

"여기서는 담배밖에 팔지 않아요."

할머니는 말했다.

"하지만—우리 학생들이 여기서 담배를?"

"네."

할머니는 끄덕거리며 대답했다.

"그럼—그건 분명 부모님 심부름으로 온 거겠지요."

"아니, 점심시간에 와요."

요시까와의 얼굴이 점점 굳어져 갔다.

"그, 그게—정말입니까? 틀림없어요?"

"네, 정말이라니까요."

"하지만 우리 학생은 미성년자입니다. 담배를 팔아서는
안 되잖아요!"

"어머!"

할머니는 눈을 가물가물거리며 말했다.

"하지만 그 아이들, 지금은 고등학교에 들어가면 피워도

되요 라고 말하던데.”

요시까와는 얼굴을 붉혔다.

“아, 그건 할머니가 잘못한 게 아닙니다. 우리 학생들 중에 그런 짓을 하는 학생이 있다니……. 그건 제 책임입니다.”

요시까와는 심호흡을 하며 마음을 가라앉혔다.

“할머니, 항상 오는 아이들은 몇 명 정도입니까?”

“글쎄요…… 서너 명 정도 그쯤 될 거예요.”

서너 명.—그렇다고는 하지만 한 학년에 두 반 밖에 없다. 도대체 누구와 누구지?

“오는 아이는 정해져 있습니까? 보면 알 수 있겠습니까?”

“글쎄, 아이들 모두 같은 교복을 입고 있으니까 잘 모르겠네요.”

“그렇군요……. 하지만 서너 명이어서 다행이군. 지금 이때에 막지 않으면…….”

“피우고 있는 학생은 서너 명이 아니라고 생각하는데요.”

할머니의 말에 요시까와는 가슴이 철렁했다.

“아니, 왜 그렇게 생각하시죠?”

요시까와가 물었다.

"세 명이나 네 명이 50갑이나 피울 수는 없잖아요?"

할머니는 이렇게 말하는 것이었다.

"―이봐, 이즈미는 들어왔나?"

요시까와는 저녁식사 후 아내에게 물었다.

"이즈미요? 자기 방에 있겠죠. 물론."

부인이 이상하다는 듯이 말했다.

"아 그래. 그랬지."

"당신, 무슨 일 있어요?"

"아니, 아무것도 아니야."

요시까와는 고개를 흔들었다.

부인이 저녁식사 설거지를 하러 부엌에 가자, 요시까와는 깊은 한숨을 내쉬었다.

"이것 참, 어쩌지."

무심코 중얼거렸다.

요시까와는 올해 50살이었다. 교장이 된 지 7년.

43살에 교장이라는 것은 사립학교 중에서도 이례적인 젊은 나이였다.

그만큼 이사회에서의 신임도 두텁고, 실제적으로 학교 운

영은 요시까와 한 사람에게 전부 맡겨져 있다고 해도 과언이
아니었다.

그런 만큼 무슨 문제가 일어나면 그 책임은 요시까와 혼
자서 짊어지게 되었다.

이런 일이…….

흡연이라니. —요즘은 중학생도 아무렇지 않게 담배를 피
운다.

하지만 이 학교만은 다르다. 요시까와는 그것을 자랑으로
여기고 있었다.

요시까와가 교장이 되고 나서 이 학교 학생 중 선도를 받
은 학생은 한 명도 없었다. 그리고 퇴학, 정학이라고 하는 처
분을 받은 자도 나오지 않았다.

그것은 결코 요시까와가 엄하지 않게 하기 때문이 아니었
다.

사립학교의 평판이라는 것은 정말 기묘한 것이었다. 어찌
된 일인지, 신문에 날 만한 사건이 발생하면 3년이나 4년은
잊혀지는 일이 없었다.

"아, 그 사건이 있었던 학교군."

학교 이름만 들어도 떠올리게 된다.

그런 학교에 아이를 보내려고 하는 부모는 없다. —그래서 웬만한 일이라면 학교는 필사적으로 무마시키는 것이었다.

하지만 요시까와는 '무마시킨다'라는 것을 해 본 적이 없었다. 그렇게 될 만한 사건이 한 번도 일어나지 않았던 것이다.

"저 학교는 모두 성실하고 착한 학생들뿐이야."

그 평판은 하루아침에 만들어질 수 있는 것이 아니었다.

요시까와는 7년에 걸쳐 이 학교를 거기까지 이끌어온 것이었다.

이사회에서도 그 점을 높게 평가하고 있었다.

그런 중에—이런 사건이 발생했다.

50갑의 담배!

서너 명의 학생이 대표해서 사러 가는 것이겠지만, 실제로 피고 있는 것은 10명—아니 그 정도일 리가 없다.

20명?—30명?

생각하는 것만으로도 한기가 느껴졌다.

정말이지, 자신이 눈치 채지 못했다고 하는 것도 충격이었다. 학생 한 명 한 명에게 충분히 고루 시선이 미치고 있다고 생각했기 때문이었다.

요시까와는 2층으로 올라갔다.

“네.”

문을 두드리자 대답이 들려왔다.

“이즈미. —들어가도 괜찮겠니?”

“네, 아빠 들어오세요.”

요시까와는 문을 열었다.

딸 이즈미가 책상에 앉아 있었다.

“무슨 일이세요?”

그녀가 돌아보며 물었다.

17살. —요시까와가 교장으로 근무하는 그 고등학교의 2학년이었다.

“음……. 잠시 이야기하고 싶은 말이 있는데.”

“그럼 침대에라도 앉으세요. —잠깐 기다리세요. 이 문제 다 풀고요.”

“방해된다면 나중에 다시 올게.”

“아니오, 괜찮아요. 금방 끝나요. 잠깐 기다리세요.”

“그래.”

요시까와는 귀여운 커버를 씌운 딸의 침대에 조심스럽게 걸터앉았다.

이즈미는 요시까와가 33살일 때 태어난 외동딸이었다. 당연히 눈에 넣어도 아프지 않은 귀여운 딸이었다.

하지만 응석받이로 키운 것에 비해서 이즈미는 조금도 버릇없는 구석이 없는, 불쾌감을 주지 않는 아이로 자라고 있었다.

얼굴 생김새도―부모라서가 아니라―예뻤다. 반에서도 항상 인기가 있었고 리더 격이었다.

중학생 때부터 거의 매학기 반의 위원을 맡았다.

지금 고등학교에서도 그렇다. 게다가 교장의 딸이라는 험담을 듣는 일이 없는 것은 이즈미의 매력 탓일 것이다.

어쨌든 요시까와로서는 자랑할 만한 딸이었다.

"―네, 오래 기다리셨어요."

이즈미가 돌아보았다.

"뭐예요? 이야기할 게?"

"음······."

요시까와는 그냥 눈을 피하면서 말했다.

"너―남자친구는 있니?"

"네?"

이즈미는 조금 어이없어하듯 웃었다.

“이미 소개해 드렸잖아요. 친구라면 3, 4명 있어요.”

“그, 그래. 참 그랬지.”

이런 이야기를 할 생각이 아니었다.

“아니, 어떤가 해서 물어본 거란다.”

“어떤가라고요?”

“그러니까―학교생활이라든지―여러 가지 일로, 고민이라든지 이야기하고 싶은 것이 없나 했단다.”

“뭐예요, 갑자기.”

이즈미는 웃음을 터트리고 말았다.

“무슨 일 있으세요, 아빠?”

“아니―뭐 걱정은 하지 않지만, 어쨌든 아빠도 바쁘니까 말이야. 너하고 편하게 이야기할 시간도 좀처럼 만들 수 없고. 그래서 마음에 걸렸단다.”

“걱정해 주셔서 감사합니다. 하지만 아주 활기차게 생활하고 있습니다.”

이즈미는 진지한 체하며 대답했다.

“그래.”

요시까와는 조금 헛기침을 했다.

“어때?―네 주위에―그러니까 친구들 사이에서 무언가

곤란한 일이라든지, 문제가 되고 있는 일은 없니?”

“친구들요? 글쎄요.”

이즈미는 고개를 갸웃했다.

“그야, 누구하고 누가 싸웠다든지, 연애편지를 썼다든지
하는 일은 있지만. 하지만 특별히 뭐라고 할 만한 일은 없는
것 같은데요.”

“그래.”

요시까와는 망설이고 있었다.

담배 건을 정면으로 부딪쳐서 누가 누가 피고 있는지 캐
내볼까 생각했던 것이다.

하지만 그것은 이즈미에게 있어서 ‘친구를 파는’ 일이었
다.

아마 그렇게 몇 십 명이나 되는 학생이 담배를 피우고 있
다면 이즈미도 그 중의 한 명이나 두 명은 알고 있을 것이다.
하지만 그 이름을 대라고 하는 것은 가혹한 일이었다.

아이들에게는 아이들의 사회가 있는 것이다. 이즈미한테
거기에서 배반자가 되라고는 아무리 아버지라도 말할 수 없
었다.

여기는 역시 교사 측에서 해결할 수밖에 없을 것이다. 요

시까와는 그렇게 결심했다.

"—그럼, 됐다."

요시까와는 일어섰다.

"방해했구나."

요시까와가 나가는 것을 이즈미는 멍한 얼굴로 바라보았다.

2

"—왔습니다."

이찌다가 달려 왔다.

"그래?"

요시까와가 고개를 끄덕였다.

"담배를 사서?"

"예, 양손에 듬뿍 안고 있습니다."

요시까와는 고개를 가로저었다. —거짓말이 아니었던 것이다.

여기는 그 신사로 가는 길의 도중이었다.

아직 숲이 남아 있어 숨어서 보고 있기에는 딱 좋았다.

점심시간, 요시까와는 이찌다와 함께 여기서 망을 보기로 한 것이었다.

"오늘은 50갑 이상 산 것 같습니다."

이찌다는 말했다.

"—하지만 깜짝 놀랄 일이네요."

"배신당한 것 같아……."

요시까와는 또 고개를 내저었다.

"나는 사직할 수밖에—."

"교장 선생님 진정하십시오. 어쨌든 사태를 정확히 파악하지 않고서는……."

"알고는 있지만, 하지만 설령 피우는 것이 한 명이라고 할지라도—."

"혼자서 50갑을 말입니까?"

"예를 들어 하는 말이야."

요시까와는 대답했다.

"내 책임에는 조금의 변화도—."

"쉿! 왔습니다."

이찌다는 나무 뒤에 몸을 숨겼다.

세 명의 학생이 웃으면서 걸어왔다. —모두 1학년 학생이었다.

"―성적도 좋은 아이들뿐이군."

요시까와는 한숨을 쉬었다.

"어떻게 할까요?"

"뒤를 쫓아보세."

요시까와는 말했다.

"이런 짓은 하고 싶지 않지만, 어쩔 수 없어."

"예."

이찌다와 요시까와는 1학년 학생들의 뒤를 쫓아 걸어갔다.

물론 1학년 학생 세 명은 학교로 되돌아갔는데…….

"―학교 건물 뒤쪽으로 가고 있습니다."

이찌다가 말했다.

"과연 그렇군……."

요시까와는 고개를 끄덕였다.

학교 건물 맞은편 쪽에는 창문이라고 해도 높은 채광용 창 밖에 없어 밑은 들여다볼 수 없었다. 담과 학교 건물 사이라 좁고 약간의 공터 같은 장소여서, 그곳은 어디에서도 눈에 띄지 않았다.

"좋은 장소를 골랐군요."

이찌다가 말했다.

"감탄하고 있을 때가 아니야."

"죄송합니다."

세 명의 1학년 학생은 학교 건물 뒤쪽으로 모습을 감췄다.

─웅성웅성하는 말소리가 들렸다.

몇 명인가가 모여 있는 것이 확실했다.

"─어떻게 할까요?"

이찌다가 말했다.

"협조를 부탁할까요? 뭐하면 기동대라도─."

"바보 같은 소리 마. 교사가 무엇 때문에 있다고 생각하는
건가."

"아, 예."

"여기는─나 혼자서 간다."

"하지만 봉변이라도 당하시면……."

"이찌다 선생."

요시까와는 매섭게 노려보며 말했다.

"텔레비전을 너무 많이 본 거 아냐?"

요시까와는 등을 꼿꼿이 세우고 걸어가다가 갑자기 뒤돌
아보더니 말했다.

"같이 가세."

요시까와와 이찌다는 천천히 학교 건물 옆을 돌았다.

떠들썩한 말소리, 웃음소리……

요시까와는 생각하고 싶지 않았다. 할 수만 있다면 이대로 눈을 감아버리고 싶었다.

그러나 그렇게 되지 않는 성격이라는 것을 요시까와 자신도 잘 알고 있었다.

어쩔 수 없다. 현실을 직시하는 것이다. 거기서부터 저절로 길은 열릴……

요시까와는 천천히 발을 내딛고 그리고―멍하니 선 채 움직일 수 없었다.

20명인지 30명인지……. 말도 안 되는 이야기였다.

100명이 넘는 학생들이 제각기 낡은 책상에 앉기도 하고 학교 건물에 기대기도 하면서 담배를 피우고 있는 것이었다.

100명!―전교생의 반이었다.

그 연기는 마치 안개처럼 자욱이 끼어 있었다……

얼마 동안이나 멍하니 우두커니 서 있었을까. 학생 한 명이 요시까와가 있는 것을 눈치 챘다.

"교장 선생님이다!"

“뭐?”

“거짓말!”

“어-진짜다!”

웅성웅성, 와글와글하고 모여들었다.

당황해서 담배를 끄는 것도 잊고 도망치지도 않았다.

게다가-그 한가운데 서서 요시까와를 보고 있던 것은
…….

“-어쩐지, 어젯밤 이상한 말을 꺼낸다고 생각했지.”

이즈미는 말했다.

“아빠도 한 대 피우시는 게 어때요?”

이즈미는 그렇게 말하고 방긋 웃으며 담배 연기를 내뿜었
다.

“-이즈미.”

요시까와는 말했다.

“왜요?”

이즈미는 아무렇지도 않은 얼굴로 되물었다.

교장실이다. -요시까와는 눈앞에 서 있는 학생이 자기 자
식이라는 것을 믿고 싶지 않았다.

하지만 아무리 봐도 그것은 이즈미임에 틀림없었다.

"넌—네가 한 일을 알고 있는 거냐!"

요시까와의 목소리가 떨렸다.

"아빠, 진정하세요. 혈압에 좋지 않아요."

"내 건강 따위 어떻게 되든 상관없어."

"아빠, 조용히 이야기하자구요."

"너—너는—."

씩씩거리다가 요시까와는 말문이 막히고 말았다.

"그렇게 발끈하지 않으셔도 돼요."

이즈미는 의자를 하나 가져오더니 앉았다.

"담배 같은 거 지금은 중학생도 피우고 있어요."

"그, 그렇다고 해서—."

"게다가, 아빠도 고등학교 때부터 피웠잖아요?"

요시까와는 말문이 꽉 막혔다.

"그, 그것과 이것과는—."

"어머, 다르지 않아요. 저희들은 거기서밖에 피우지 않아요. 남의 눈에 띄는 곳이라든지, 커피숍이라든지, 아무렇지도 않게 피우는 학생들이 얼마든지 있잖아요. 하지만 이 학교 학생들은 그런 짓은 하지 않아요."

“장소가 어디라도 마찬가지야.”

요시까와는 말했다.

“그래요? 하지만 생각해 보세요. 우리들, 확실히 이 학교의 평판을 떨어뜨리지 않으려고 일부러 그런 먼 데까지 담배를 사러 가고 있다고요.”

이즈미는 고개를 끄덕이며 이어서 말했다.

“이 노력은 평가해 주셨으면 좋겠어요.”

“뭐가 노력이야!”

요시까와는 얼굴을 붉히며 말했다.

“이 파렴치한 같으니라고!”

“아, 그래요?”

이즈미는 아주 태연한 얼굴로 말했다.

“그럼 좋을 대로 하세요.”

“뭐, 뭐라고?”

“하지만요, 아빠.”

이즈미는 쭉 몸을 내밀었다.

“퇴학이든 정학이든 다 좋은데, 전원 같은 죄예요. 그렇죠?”

“당연하지.”

"그럼 학교 학생 절반을 처분하는 건가요? 아마 굉장한 평판이 나겠네요."

요시까와는 눈을 부릅떴다.

"이즈미, 너 무슨 이야기가 하고 싶은 거냐?"

"아뇨 별로. 단지 걱정해 드리는 거예요. 이 학교에 들어오려는 학생이 확 줄어드는 게 아닌가 해서요. 그렇게 되면 아빠라도 교장이라는 입장 상."

"너 날 협박하는 거냐?"

요시까와는 거의 미쳐서 돌 지경이었다.

"당치도 않아요. 전 아빠의 힘이 되어 드리고 싶은 거예요."

"잘도 둘러대고."

"아빠, 현실적으로 생각해 보세요."

이즈미는 말했다.

"이미 저지른 일은 어떻게 할 수 없어요. 그렇잖아요?"

"무슨 뜻이야?"

"요컨대 지금까지의 일은 없었던 것으로 하고 잊는 거예요. 그게 가장 좋지 않아요?"

요시까와는 기가 막혀서 말도 나오지 않았다. ―이게 정말

이즈미인 건가?

"너―악마가 썬 게 아니냐?"

"오버예요. 그러니깐 이제 앞으로는 담배를 피우지 않겠다니까요. 모두 맹세하고 그것을 실행하면 그걸로 되는 거 아니에요? 이후는 각자 마음속으로 반성하고요."

"바보 같은 소리! 그런 것이 가능할 거라고 생각하는 거냐?"

"가능해요. 왜냐하면 이 일을 알고 있는 것은 우리들하고 아빠하고 선생님들뿐이니까요.―모두가 입을 다물면, 이사회 사람들이 알 리가 없잖아요."

"모르면 괜찮다는 것이냐?"

"일부러 알릴 필요도 없다고 생각해요."

이즈미는 꾸벅하고 고개를 끄덕이며 말했다.

"저도 이제 슬슬 질리기도 해서 끊을까 하고 생각했었어요."

"그렇게 전부터 피운 것이냐?"

"중 3때부터요. 하지만 늦은 편이었어요."

이미 요시까와는 살아있다는 느낌이 없었다.

"―있잖아요, 아빠. 그렇게 해요! 서로의 평화를 위해서."

“하지만……”

요시까와는 필사적으로 마음을 진정시키려고 했다.

“잘 들어. 너희들은 법률적으로 용서받을 수 없는 일을 저질렀다. 그 벌을 받지 않고 어떻게 하겠다는 거냐?”

“받을 거예요.”

“─그렇다고 한다면?”

“금연하는 것으로.”

“뭐라고?”

“이제부터는 담배를 피우지 않겠다고 맹세하겠어요. ─금연이라는 거 힘든 일이잖아요?”

“그건 당연한 일이고.”

“하지만 아빠, 금연 못 하시잖아요.”

“그건─.”

“벌써 몇 번 끊었죠? 10년쯤 전부터 다섯 번은 끊었죠. ─요컨대 담배를 피우는 사람에게 있어서 금연이라는 건 그 정도로 괴로운 일이잖아요? 저희들 그 금연을 전원이 하겠다고 말하는 거라니까요.”

요시까와는 머리가 혼란스러워졌다.

“잘 들어. 금연이라는 것은 마음만 먹으면 언제든지 할 수 있는 거야!"

"그럼 해 보시지 그러세요?"

"하지만—그것과 이것과는—."

"어머, 관계있어요. 아빠하고 선생님들은 모두 피우고 계시잖아요? 그게 몸에 나빠서 피우면 안 되는 것이라면 선생님들, 어째서 끊지 않죠?"

"그건."

"몸에 나쁘다고 한다면 20살 전이든 그 후든 나쁜 건 마찬가지예요. 그렇다면 선생님들도 끊어야 마땅해요."

"그까짓 것 정도—."

"간단? 그럼 이렇게 해요. 아빠."

이즈미는 방긋 웃었다.

평소와 같은 웃는 얼굴이었다. 하지만 요시까와의 눈에는 이제껏 본 적이 없는 다른 사람으로 보였다.

"저희들도 앞으로 일절 담배를 피우지 않을 테니까, 선생님들도 금연하는 거예요.—만약에 정말로 선생님들이 금연에 성공한다면 우리들, 무엇이든지 아빠가 말하는 대로 하겠어요."

"무엇이든지?"

"퇴학이든 뭐든 좋을 대로 하세요. 불평은 하지 않겠어요."

당연했다. 하지만 이즈미의 묘한 논리에 요시까와는 어느 샌가 제압당하고 있었다.

─이리하여 이 학교의 교사들 전원에게 '금연령'이 내려진 것이다.

"─정말이지."

이찌다는 한숨을 내쉬었다.

"어째서 우리들까지 금연을 해야만 하는 거죠?"

"어쩔 수 없어. 교장 선생님 명령이야."

코마쯔는 어깨를 움츠렸다.

"아아, 이것 참."

이찌다는 머리를 흔들었다.

"교내를 둘러보고 올 게요."

"같이 갈까?"

"아니요, 여기 계세요. 누가 올지도 모르니까요."

이찌다는 직원실을 나가려다 돌아보며 말했다.

"코마쯔 선생님, 창문 열고 냄새를 없애는 게 좋겠어요."

"그렇게 하지."

코마쯔는 한숨을 내쉬었다.

"옛날에는 학생들이 이런 짓을 했는데……."

―이찌다는 학교 건물 안을 휙 한 바퀴 돌고 바깥으로 나왔다. 밤공기는 의외로 차가워서 가을이라 해도 점퍼 정도는 필요한 상황이었다.

손전등의 불빛으로 발밑을 비추면서 학교의 뒤편―그 '흡연 장소'로 돌아보았다.

물론 이제 여기서 담배를 피우는 사람은 없어졌지만…….

"―꺄악!"

비명 소리가 나서 이찌다도 "우왓!"하며 펄쩍 뛸 뻔했다.

"뭐야. 이찌다 선생님이셨어요?"

불빛 속에서 나타난 것은 요시까와 이즈미였다.

"너였냐……. 아이고, 깜짝 놀랐네."

"깜짝 놀란 건 제 쪽이에요."

이즈미가 되받았다.

"뭐하고 있는 거야?"

"순찰이요. 이찌다 선생님도 그렇죠?"

"그래. 코마쯔 선생님이 안에 있다."

"수고하시네요."

이즈미는 말했다.

"저도 일단 말을 꺼낸 이상 책임을 지고 감시하지 않으면."

"그래서 이런 한밤중에?"

"그래요. 하지만 솔직히 조금 무서웠어요. 같이 걷는 거 괜찮죠?"

"그래."

이찌다는 항상 교복을 입은 이즈미의 모습밖에 보지 못해서, 이렇듯 빨간 청바지를 입은 것을 보자 조금 두근거렸다.

물론 17살이라고 하면 벌써 여성스러운 몸매를 하고 있을 나이였다. ─교복이라는 것도 그 나름대로 매력적이지만, 그건 하나의 '이미지'일뿐 생동감은 나지 않는다.

이렇게 실제로 여자다운 모습을 하고 있으니 역시 훨씬 가까운 느낌을 받게 되었다.

"─선생님, 확실히 금연하고 계시죠?"

이즈미가 웃음을 머금은 목소리로 말했다.

"물론이지."

이찌다는 손전등 빛을 좌우로 움직이며 걷고 있었다.

"힘들어요?"

"가끔. —하지만 교장 선생님 명령이니 어쩔 수 없지."

잠시 뒤 이찌다가 다시 말을 이었다.

"아버지는 어떠서? 교장 선생님도 꽤 심한 골초신데."

"아라레(과자의 일종)를 많이 드시고 계세요."

"아라레를?"

"네. 입이 심심하신 모양이에요. 그래서 쉴 새 없이 드세요. 하루에 다섯 봉지 정도 잡수세요."

"허, 그렇군."

"덕분에 밥을 먹을 수 없다고 불평하고 계세요."

이찌다는 어쩔 수 없이 웃었다.

"하지만 넌 교묘하게 잘도 빠져나갔구나."

"헤헤."

이찌다의 말에 이즈미는 기죽은 기색도 없이 혀를 내밀어 보였다.

자기들도 담배를 끊을 테니까 선생님들도 금연해라. —이 터무니없는 요구를 아버지가 받아들였기 때문에 거꾸로 사건의 결과는 선생님들이 어떻게 하느냐에 달린 일이 되어 버렸다.

"할 바에는 철저하게 해야죠."

게다가 이즈미는 이렇게 말을 꺼내며 이른바 '상호감시' 태세를 만들어 버렸다.

"집에 돌아가서 몰래 피우면 의미가 없어요. 학생들이 각 선생님들의 집을 돌아보도록 하죠."

학생들 쪽은 각 가정의 부모님이 보고 있기 때문이라는 이유였다.

발끈했던 요시까와는 자기 자식의 요구에 동의해서 이즈미가 생각해낸 계략에 빠지고 만 것이었다.

당연히 이즈미로서는, 얼마 지나지 않아 어른들 쪽이 손을 들고 반드시 누군가가 담배를 피기 시작할 것이고, 그렇게 되면 약속대로 '일체 없었던 일'로서 처분도 없는 일이 되는 것이라 생각했었다.

분명 교장 선생님 측에서도 전교생의 절반을 처분할 수는 없었다. 하지만 교장으로서 그 리더 격 학생들에 대해서는 역시 눈감아 줄 수 없다고 하는 것이 솔직한 심정이었다.

그런데 그 '리더'가 바로 자신의 딸…….

요시까와 교장 선생님도 머리가 아픈 상황이었다.

"하지만 요시까와."

이찌다가 말했다.

“왜요?”

이즈미는 말했다.

“교장 선생님의 이름(성)을 마음대로 쉽게 부르니 기분 좋죠?”

“뭐 그렇지. ─아니 너, 무슨 말을 하게 하는 거야?”

이즈미는 소리 높여 웃었다.

그 젊음만이 갖는 눈부실 듯한 탄력─이라는 것도 이상할지 모르지만, 그 유연함, 고무공처럼 튀어나오는 웃음…….

이찌다는 다시 두근거렸다.

상황도 좋지 않았다. 아니, 좋다고 해야 할 것인지.

어쨌든 주위는 아주 컴컴하고, 게다가 학교 건물 뒤쪽이고 반대쪽에는 담이 있다. 어디에서도 보이지 않는다.

단둘만이 있다. ─이걸로 두근거리지 않는다면 남자가 아니다.

바보! 뭘 생각하고 있는 거야! 넌 교사라고!

“선생님, 왜 그러세요?”

이즈미가 말했다.

“응? 왜?”

“선생님이 뭔가 말씀하시다가 말았잖아요.”

“아, 그래? 음, 그렇군.”

“왜 그래요?”

이즈미는 다시 웃었다.

잘 웃을 나이이다. 그리고 웃음이 어울리는 나이이기도 하다.

“이 장소를 잘도 찾았다고 생각했다.”

이찌다는 말했다.

“누가 처음 시작한 거지? 너였니?”

“저요?—설마.”

이즈미는 발을 멈추고 말했다.

“벌써 아주 오래 전부터예요.”

“아주?”

“네. 이건 선배로부터 대대로 전해져 내려온 거예요. 물론 사람 수는 적었겠지만요.”

“흠……. 그건 몰랐군.”

“몰랐어요? 정말요?”

“응.”

“유명한 이야기예요. 학생이라면 모두 알고 있고, 게다가 —.”

이렇게 말하다 갑자기 생각이 난 듯이 다시 말했다.

"그런데 선생님이 모른다는 건 이상해요!"

"하지만 선생님들은 그런 걸 얘기 하지 않아."

"그게 아니고, 이찌다 선생님 말이에요."

"내가?―왜 내가 모르면 이상하지?"

"그건……."

이즈미는 말을 꺼내려다 갑자기 뭔가 터진 듯이 큰 소리로 웃기 시작했다. 멈추려고 해도 멈출 수 없는 듯, 몸을 구부리며 자지러지듯이 웃었다.

"얘!―지금 무슨 소리 하는 거야?"

이찌다는 불끈 화가 치밀어 올랐다. 바보 취급을 당하고 있는 듯한 기분이 들었기 때문이었다.

"요시까와! 그만 웃어!"

이찌다는 소리쳤다.

"하지만―이상하단 말이에요!―아 힘들어!"

그런데도 이즈미는 배를 붙잡으며 계속 웃었다.

"어지간히 하란 말이야!"

이찌다는 손전등을 주머니에 쑤셔 넣고 이즈미의 팔을 잡고 흔들었다.

"야! 그만 웃으라고!"

"선생님—아파요—아프다고요."

이즈미가 말했다.

이미 웃음은 멈췄다.—빛이 없어져서 이즈미의 얼굴은 그저 희미하게 하얗게 보일 뿐이었다.

"미안……. 나도 모르게 그만."

이찌다는 말했다.

어째서 그런 짓을 했는지—이찌다 자신도 잘 이해할 수 없었다.

이찌다는 움켜쥐었던 팔의 부드러움, 그 가냘픈—의외일 정도로 부서질 듯한 연약함에 몸이 떨릴 것 같은 충격을 느꼈다.

"선생님—."

이즈미가 겁먹은 얼굴로 말했다.

그러자—이찌다가 갑자기 이즈미에게 키스를 했다.

이즈미는 깜짝 놀라며 몸을 긴장시켰다. 이찌다는 이즈미를 끌어안았다.

아주 짧은 시간이었다. 몸부림을 치던 이즈미가 이찌다의 손을 뿌리쳤다.

"─뭐하는 짓이에요!"

"요시까와…….."

이찌다는 창백해졌다.

"미안! 이런 짓을 할 생각은 아니었어! 정말 미안해!"

"아빠한테 다 말해 버릴 거예요!"

이즈미는 외치듯이 말했다.

"잠깐만. 잘못했어! 나는─."

이즈미는 뛰기 시작했다. 그리고 갑자기 딱 발을 멈추고 뒤돌아보며 외쳤다.

"가르쳐 줄까요? 누가 여기서 담배를 피우기 시작했는지. ─바로 선생님 부인이에요!"

토모꼬?─토모꼬가?

이찌다는 멍하니 꼼짝 않고 서 있었다.

이즈미의 뛰어가는 발소리가 멀리 사라져 갔다…….

3

한밤중이었지만 요시까와의 집에는 불이 켜져 있었다.

이찌다는 택시에서 내리며 요금을 내고 문 앞에 섰다.

주저되기는 했다. 하지만 내일 학교에서 말하는 것보다는 지금이 나았다.

이찌다는 무거운 발걸음으로 요시까와 집의 현관으로 걸어갔다.

—잠시 기다렸지만 아무도 나오지 않았다.

이찌다가 다시 한 번 벨을 누르려고 할 때 문이 열렸다.

"—이찌다 선생인가?"

"교장 선생님……. 밤중에 죄송합니다."

"아니 상관없네. 들어오게."

요시까와가 앞장서 들어갔다.

"실례하겠습니다."

올라가 거실로 들어가서 이찌다가 말했다.

"—이즈미는."

"딸애 말인가? 그 녀석은 어디 나갔네. 다른 선생님 집에라도 가서 담배를 피지는 않는지 보고 있겠지."

요시까와는 소파에 앉으며 말했다.

"—그래, 무슨 일인가?"

"예……."

"뭐 말하지 않아도 알고 있네."

요시까와가 말했다.

"그렇다면……."

"나도 이제 안 되겠네. 내 자신의 어리석음에 정나미가 떨어졌어."

"네?"

"이즈미 녀석에게 완전히 속아 버렸어. ─자네들에게까지 폐를 끼쳐서 미안하네."

요시까와는 고개를 숙였다.

"아뇨, 교장 선생님 그런 것─이."

"부엌에 가 보게."

"네?"

"부엌에서 열 개비 피고 왔네. 환기통 밑에서 말이지. 정말이지 참을 수가 없었다네."

"그렇습니까? 코마츠 선생님도 조금 전……."

"그렇겠지. 아무래도 이즈미 쪽이 한 수 위였던 것 같군."

요시까와는 쓴웃음을 지었다.

"그래서─자네는 몇 개비 피웠나?"

"몇 개비라고 말씀하시는 건……."

“그걸 고백하러 온 게 아닌가?”

“아니요—저, 사실은 그 이야기가 아니—.”

“그렇다면 뭔가?”

요시까와가 물었다. 이찌다는 등을 곧게 펴며 말을 꺼냈
다.

“교장 선생님, 저는—.”

“어, 이제 들어오니?”

요시까와가 현관에서 나는 소리를 듣고 말했다.

이즈미가 거실로 들어왔다.

“어디에 갔던 거냐? 이런 시간까지.”

요시까와가 말했다.

“내일은 학교에 가야 하니, 빨리 자거라!”

“어머 이찌다 선생님?”

이즈미가 말했다.

“곧장 사과하러 오셨나요?”

“이즈미!”

요시까와가 이즈미를 노려보았다.

“그 무슨 태도냐! 선생님한테—.”

“그럼, 학생한테는요?”

이즈미가 되받아 말했다.

이찌다는 얼굴을 숙였다.

"그건 무슨 뜻이지?"

"선생님은 학생을 붙잡고 키스해도 되냐는 거예요."

이즈미는 그렇게 말하고 재빨리 거실을 나가 2층으로 뛰어 올라갔다.

─요시까와는 숨을 천천히 몰아쉬며 물었다.

"사실인가?"

"면목 없습니다."

이찌다는 머리를 떨궜다.

"나가 주게. 이제 두 번 다시 학교에 얼굴 내밀지 말게."

요시까와의 목소리는 떨리고 있었다.

"교장 선생님……."

"당장 나가!"

요시까와는 흥분한 목소리로 외쳤다.

"여러모로 신세 많이 졌습니다……."

이찌다는 일어서며 이렇게 한마디하고 거실을 나갔다.

요시까와는 잠시 거친 숨을 몰아쉬었다.

그리고─문득 정신이 들었을 때 이즈미가 서 있었다.

“이찌다 선생님은요?”

“돌아갔다. ─이제 학교에는 오지 않아.”

“그래요.”

이즈미는 소파에 천천히 앉았다.

“이즈미, 괜찮은 거니?”

“네?”

“키스당한 것뿐이니?”

“네.”

“그래. 하지만─괘씸한 놈! 다시는 교직에 붙어있지 못하도록 해 주겠어!”

요시까와는 얼굴을 붉히며 화를 냈다.

“아빠…….”

“왜 그러니?”

이즈미는 잠시 생각에 잠겼다가 이윽고 입을 열었다.

이찌다 토모꼬는 갑자기 눈을 뜨더니 옆의 작은 이불에 먼저 눈길을 돌렸다.

아이는 조용히 잠들어 있었다. 무슨 일이 있으면 우선 아이. 그건 이미 습관이 되어 있었다.

부엌에서 무슨 소리가 났다.

토모꼬는 일어나서 조용히 이불에서 빠져 나왔다. 잠옷 위에 가운을 걸치고 침실을 나갔다.

"―당신이야?"

부엌을 들여다보고 토모꼬는 깜짝 놀랐다.

이찌다가 의자에 앉아서 담배를 피우고 있었다. 재떨이는 버렸기에 작은 접시를 재떨이 대용으로 쓰고 있었다.

벌써 거기엔 담배꽁초가 세 개비나 짓이겨져 있었다.

"당신―어떻게 된 거야? 담배 피워도 괜찮아?"

"상관없어."

이찌다는 말했다.

"취했어?"

"요 앞에서 한잔했지. 오랜만이야. 술이 잘 받는군."

이찌다는 웃었다.

"아니, 무슨 일 있었어?"

"별일 아니야. 단지 해고됐을 뿐이지."

토모꼬는 의자를 끌어당겨 앉았다.

"해고라니…… . 학교에서?"

"달리 일하는 곳이 없잖아!"

이찌다는 담배를 눌러 끄고 다시 한 개비 새로 불을 붙였다.

"하지만—어째서 갑자기? 혹시—담배 때문에?"

"됐어. 그 정도라면 아무렇지도 않지. 교장 선생님도 몰래 피우고 있으니까. 하지만 학생한테 키스를 했다고 하면—."

"뭐라고?"

토모꼬가 창백해졌다.

"키스했어. 너무 귀여워서 말이지. 그만 나도 모르게 흔들려서……."

"어쩌면 그런 짓을—."

토모꼬가 숨을 삼켰다.

"도대체 누구한테?"

"요시까와 이즈미."

"교장 선생님 딸?"

"그래. 귀여우니까 그 아이는."

"그만해!"

토모꼬는 소리 지르듯 말했다.

"부끄럽지도 않아? 당신!"

“당신 아버지가 이사라도 이번 일만큼은 무마시킬 수 없을 걸. 그렇지?”

“아……. 어떻게 좀 할 수 없어?”

“할 수 없지.—당신도 한 대 피우겠어?”

이찌다는 담배를 내밀었다.

“나는 안 피워. 왜 그래?”

토모꼬는 고개를 흔들었다.

“허, 그래? 고등학교 때는 피웠잖아?”

토모꼬는 눈을 크게 뜨고 남편을 봤다.

“그 학교 건물 뒤편에서 담배를 피우기 시작한 건 당신이라고 하던데.—대단해. 선구자로구만. 이번 사건도 당신이 시작하지 않았더라면 일어나지 않았다고! 내가 여자 아이와 단둘이 있게 되어 얼떨결에 키스해 버리는 일도 없었고 말이지!”

“그만해!”

토모꼬는 일어섰다.

“그래. 나는 고등학교 때 학교에서는 반항적이었어. 그게 어떻다는 거야?”

“몰랐네. 나는 당신이 우등생에 마음씨 고운 아가씨라고

만 생각했지.”

“그런, 그림에 그린 듯한 여자가 있을 것 같아? 있다면 로봇이지. 사람이 아니야. 그런 건 남자가 제멋대로 만들어 놓은 우상이라고!”

“그래?”

“그래. 그렇다고 해서 당신이 여학생에게 키스해도 괜찮다는 거야! 그게 말이 돼?”

“안 되지. 그 정도는 알고 있어.”

“그럼 내 탓으로 돌리지 마!”

토모꼬는 의자를 쾅 하고 옆으로 밀치며 침실로 돌아갔다.

이불 위에 털썩 앉자 눈물이 북받쳐 올라왔다.

방바닥 위에 그림자가 드리워졌다. ―남편이 서 있었다.

“당신―.”

이찌다가 토모꼬를 덮쳐누르며 양손을 목에 감았다.

“그만해!―당신!”

토모꼬가 발버둥쳤다. 이찌다는 양손에 힘을 주었다.

으앙, 하며 아기가 울기 시작했다.

이찌다는 번쩍 제정신으로 돌아와 손을 놓았다.

“―토모꼬.”

“저리 비켜!”

토모꼬는 목의 통증에 얼굴을 찌푸리며 남편을 밀쳤다.

“저리 비켜!”

이찌다는 술기운도 깨 비틀비틀 부엌 쪽으로 돌아갔다.

토모꼬는 아기를 끌어안았다.―통증 탓인지 아니면 충격 탓인지, 눈물은 오히려 멈춰 버렸다.

정신이 나간 듯이 아기를 안고 흔들 뿐이었다.

“아―그래. 기저귀가 젖어 있었구나.”

토모꼬는 겨우 알아차리고는 서둘러 불을 켜고 기저귀를 갈아 주었다.

다시 기분 좋은 듯 잠들어 버린 아기의 얼굴을 토모꼬는 가만히 내려다보았다.

“이제부터 어떻게 되는 걸까.”

토모꼬는 말했다.

“하지만―어떻게 되더라도 엄마는 널 떼어놓지 않을 테니까…….”

현관의 초인종 소리가 들렸다.

누구지? 남편은 어디 간 걸까?

토모꼬는 현관으로 나갔다.

“네…….”

“요시까와라고 합니다.”

여자 아이의 목소리였다.

토모꼬는 문을 열었다.

“요시까와 이즈미라고 합니다.”

그 여자 아이가 머리를 숙였다.

“당신이……. 이찌다의 아내입니다.”

토모꼬는 말했다.

“샌들이 없어진 걸 보니, 남편—나간 것 같아요.”

“아니요. 사모님에게 드릴 말씀이 있어서요.”

이즈미는 말했다.

“나한테?”

“네.”

“그럼—들어와요.”

이즈미는 들어가서 좁은 거실 소파에 앉았다.

토모꼬가 마주앉자 이즈미가 머리를 숙였다.

“죄송합니다.”

“네?”

"저, 선생님하고 키스했습니다."

"—들었어요."

"아버지께 고자질했더니, 아버지, 선생님은 해고라며
……."

"네. 하지만 그건 어쩔 수 없지 않나요?"

"아니요."

이즈미는 고개를 저었다.

"제가 먼저 선생님한테 키스한 거예요. 선생님 쪽이 아니
에요. 선생님은 깜짝 놀라서 바로는 움직일 수 없었지만—하
지만 금방 떨어졌습니다."

토모꼬는 지그시 이즈미를 쳐다보았다.

"그게…… 정말이에요?"

"네. 아버지한테도 말씀드렸어요. 해고하지 않겠다고 하
시며, 내일 이야기하겠다고 말씀하셨습니다."

이즈미는 단호하게 말했다.

"그것뿐입니다.—그럼 실례하겠습니다."

일어서는 것을 "기다려요."하며 토모꼬가 멈춰 세웠다.

"왜 그러세요?"

이즈미가 이상하다는 듯이 말했다.

“학생—그 말 거짓말이죠?”

토모꼬는 말했다.

“사실은 남편이 당신한테 키스한 거죠?”

이즈미는 당황한 모습으로 되물었다.

“왜 그렇게 생각하세요?”

“잘 알고 있는 걸요. 남편에 대해서는.”

토모꼬는 미소를 지었다.

“학생은 아주 예뻐서, 남편도 어두운 곳에서 단둘이 있게 되면 흔들리게 될 것 같아요.”

“하지만 정말로—.”

“고마워요. 학생 마음 정말 기뻐요.”

토모꼬는 손을 뻗어서 이즈미의 손을 잡았다.

“차갑네요. —계속 밖에 있었어요?”

이즈미는 조금 시간을 두고 말했다.

“밖에서 들었어요.”

“우리 이야기를?”

“네. 마음에 걸려서 와 봤더니, 말소리가 나서……..”

이즈미는 눈을 조금 밑으로 내리고 말했다.

“저—장난칠 생각이었어요. 생각해 보세요, 그런 것—금연 따위, 어른들 모두가 할 수 있을 리 없고……. 그래도 아버지에 대해 잘 알고 있어서, 머리를 잘 썼다고 생각하며 우쭐댔습니다. 하지만 조금 전 이야기를 듣고―제가 말도 안 되는 짓을 했다고 생각했습니다.”

토모꼬는 말없이 이즈미의 이야기에 귀를 기울였다.

“저희들이 그런 나이인 것일지도 모르겠지만, 무엇이든지 장난으로 해 버립니다. 모두가 다 그러니까, 나 자신도 그렇게 하지 않으면 같이 어울려갈 수 없고. 그렇지만―어른이 되면 그렇지 않다는 것을―부부 사이는 농담으로 살아갈 수 없다는 것을 알게 되서……. 저는 장난칠 생각으로 저지른 일인데, 선생님과 사모님 사이가 그렇게 돼 버리다니. 저, 너무 죄송해서…….”

“알았어요.”

토모꼬는 말했다.

“그래서 남편이 당신에게 키스한 게 아니라고 말해 준 거군요.”

“아버지한테도 정말 그렇게 말했습니다.”

이즈미가 말했다.

“그건 어째서?”

"그건—."

이즈미는 말하려다가 잠시 머뭇거렸다.

"화내지 않으실 거죠?"

"화내지 않아요."

"선생님의 약점을 잡아서, 성적 좀 올리려고."

토모꼬는 잠시 어이가 없다는 듯이 이즈미를 보고, 그리고 웃어 버리고 말았다.

이즈미도 이어서 웃기 시작했다.—완전히 온화한 분위기가 되었다.

"—재미있네요. 학생."

토모꼬가 말했다.

"옛날의 나도 학생 같았어요. 이렇게 예쁘지는 않았지만."

"굉장히 미인이세요. 사모님."

"그래요?"

"이찌다 선생님한테는 아까울 정도로."

이즈미는 말했다.

"그런가? 나도 가끔 그렇게 생각해요."

토모꼬는 진지한 체하는 얼굴로 말했다.

"―사모님에 대해 들었어요. 전설적 존재예요."

"그래요? 단지 배짱이 조금 좋았던 것뿐이에요. 게다가 아버지가 이사였고. 누구라도 반항하며 성장하는 법이에요. 그렇지만 담배는 일찍 끊었어요. 몸에 나쁜 짓을 해 봤자 반항이 되는 것이 아니라서."

"그렇군요. 저도 그저 내뿜을 뿐이에요. 빨아들이지는 않았어요."

"그게 좋아요."

토모꼬는 고개를 끄덕였다.

"―선생님 어디에 가셨어요?"

"글쎄, 어디 갔을까?"

"제가 밖에 서 있자, 왠지 몽유병 환자처럼 나갔지만."

"그래요? 그렇지만―설마."

토모꼬는 불안한 듯 말했다.

"그 사람 내 목을 조르려고 했어요."

"네에?"

"혹시―자살―."

이즈미는 일어섰다.

"나가서 보고 올게요."

"나도 갈게요."

"하지만 아기가."

"걷지 못하니까 괜찮아요."

둘은 현관을 나왔다.

"분명히 저쪽으로─."

이즈미가 손가락으로 가리키자…….

"선생님이다."

이찌다가 걸어오고 있었다.

"당신.─어디 갔었어요?"

"뭐야. 요시까와까지……."

"선생님 잘리지 않았어요."

이즈미는 말했다.

─거실로 들어와 사정을 들은 이찌다는 어깨를 늘어뜨리며 머리를 숙였다.

"그래! 이거 참. 미안해."

"저는 괜찮아요."

이즈미는 말했다.

"사모님한테 사과해 주세요."

"아니, 이것 참."

이찌다는 머리를 긁적거렸다.

"머리가 어떻게 되었던 것 같아. 정말이지. 내가 한 짓이."

"그런 점이 당신다운 거예요."

토모꼬가 말했다.

"저는 선생님이 키스할 정도로 예쁘다고 하는 만족감을 가졌고. ─그렇지만 선생님, 밖에 나가서 죽을 생각이셨어요?"

"죽어? 아니. 단지─담배를 사 가지고 온 건데."

이찌다는 주머니에서 마일드 세븐을 꺼냈다.

"뭐야."

이즈미는 숨을 내쉬며 말했다.

"그래요! 있잖아요, 선생님. 이 일을 계기로 정말 금연하시면 어때요?"

"뭐?"

"몸에도 나쁘고, 애당초 아기한테도 좋지 않잖아요."

"그래요, 당신."

"음……. 뭐 그건 알고 있어."

"만약 담배를 핀다면, 선생님이 키스한 일을 모두에게 폭

로해 버리겠어요.”

“어이, 봐 달라니까!”

이찌다는 딱한 얼굴로 말했다.

“그럼 결정. ─어때요? 우리 모두 마지막으로 한 개비 피우는 것은?”

“좋아요.”

토모꼬가 미소 지었다.

“그럼.”

이즈미가 봉지를 뜯어 담배를 3개비 꺼내 토모꼬와 이찌다에게 건넸다.

“이걸로 담배와 이별이에요.”

“이것 한 개비로?”

이찌다가 말했다.

“당신. 아까 나한테 무슨 짓을 하려고 했는지 잊었어요?”

“알았어…….”

이찌다는 한숨을 쉬었다.

이즈미가 이찌다의 라이터로 모두의 담배에 불을 붙였다.

─세 명은 일제히 하얀 연기를 천장을 향해 내뿜었다.

—'금연령'은 이렇게 결말이 났다.

하지만 이것이 계기가 되어 직원실 안에서는 금연이 행해졌고, 학교에서는 사실상 담배 연기가 사라져버렸다.

학생들도 어지간히 질렸는지, 몰래 숨어서까지 담배를 피우려는 자는 나오지 않는 것 같았다.

이즈미와 그 친구 몇 명이 훈계 경고 처분을 받았지만, 뭐요시까와도 교장으로 여전히 근무했고 이사회로부터의 추궁도 특별히 없는 것 같았다.

교장실에서는 더욱더 아라레를 먹는 소리가 많이 나게 된 것 같았다.

단지 담배를 피우는 선생님들 사이에서는 다소의 불만이 있었다.

아니, 학교 안에서 담배를 피우지 않는 것은 어떻게든 참을 수 있다고 하더라도, '담배를 살 때는 그 신사 가까이에 있는 담배 가게까지 갈 것'이라고 하는 '교장 선생님 명령'이 내려졌던 것이다.

이즈미를 비롯한 전교생의 요청을 교장 선생님이 받아들였던 것이다.

하지만 전처럼 한 번에 50갑씩은 되지 않아서 담배 가게

의 매상이 얼마쯤은 떨어졌을지 모르지만, 뭐 변함없이 가게
는 열려 있었으니까 그럭저럭 계속 해 나가고 있는 것 같았
다.

　―아 그래, 사건이라고 한다면 이찌다가 계단에서 굴러
떨어진 일 정도일 것이다.

　스쳐지나가면서 이즈미가 윙크를 보낸 탓이라는 소문이
학생들 사이에 확 퍼진 것이었다…….

대기실 입구에는 몇 사람인가의 여성이 모여 있었다.

음악회가 끝난 후 나오는 아티스트에게 사인을 받으려는 여성들이었다.

쿠도 야스오는 조금 전쯤에서 발을 멈췄다. 함께하고 싶지 않다고 생각한 것이었다.

바람이 불어와 추운 장소였지만 모두 참을성 있게 기다리고 있었다.

야스오에게 있어서 조금 기다리는 것 정도는 아무 것도 아니었다.

"—안에 들어가서 기다리면 되는데."

이러한 소리가 들렸다.

이 홀의 수위인 듯했다. 제복 모습이었다.

사려분별이 있는 수위였다. ―심술이 있다는 수위라면, 설령 눈이 내리고 있어도 안으로는 넣어주지 않는다.

"고마워요."

모두들 이렇게 말하고 안도한 듯이, 여성―이라기보다 여자애들이 안으로 들어갔다.

대기실 입구라고 해도 실제 대기실은 좀 더 안쪽으로, 여자애들이 들어간 곳은 작은 로비와 같이 되어 있다. 야스오는 잘 알고 있었다.

"―당신은?"

수위가 야스오을 알아차리고 말을 걸어 왔다.

"누군가 기다리고 있는 건가?"

"예."

야스오가 대답했다.

"그럼 추우니 안으로 들어가지 그래?"

야스오는 주저했다.

저 북적대고 떠들썩한 여자애들과 함께 있는 건가 하고 생각하자……. 그러나 입을 다물고 있으면 그만인 것이었다.

게다가 의심을 받으면 안 되었다.

"그럼."

야스오는 가볍게 인사를 하고 안으로 들어갔다.

"─그래, 굉장히 피아니시모가……."

"귀엽지 않아, 이렇게 몸을 젖혔을 때의 얼굴."

여자애들이 모여서 이야기하고 있었다.

야스오가 들어와도 아무도 눈길을 돌리려고 하지 않았다.

아무래도 모두 전반에 솔로를 연주한 피아니스트의 팬인 것 같았다.

레코드라든가 CD라든가를 들고 와서 사인을 받을 생각일 것이다.

피아니스트는 인기가 있다.─음악대학에서 피아노를 했던 동급생이 종종 그렇게 말했던 것 같다.

쇼팽인가 뭔가 좌르르 쳐 주고 미간을 조금 찡그리고 눈이라도 감으면 '브라보!'가 터져 나오게 된다.

─그렇게 단순한 건지 어떤지.

하지만 확실히 이렇게 여성 팬이 모이는 것은 피아니스트에게 많은 것 같았다.

누가 말을 걸어오는 것도 싫어서 야스오는 조금 떨어진

곳에 서 있었다.

문득 정신을 차리자 여성이 한 명 역시 구석 쪽에 서 있었다. ―그때까지 알아차리지 못한 것은 비상구인가 뭔가의 옆이라 조금 어두웠던 탓인지도 몰랐다.

대학생 정도인가?―아마 음대 학생이겠지. 야스오는 그렇게 생각했다.

음대 여학생은 입는 옷의 템포가 조금 느리다고 할까. 유행에서 보면 뭔가 다소 빗나가 있었다.

그 여성도 그런 인상이었다.

그래도 어째서 이런 곳에 물러서 있는 것일까?

대기실로 통하는 통로 쪽이 조금 소란스러워졌다.

"오나?"

모여 있던 여자애들이 일제히 목을 길게 뺐다.

"―오케스트라다. 아직인데, 그는."

한 사람이 말했다.

오케스트라의 멤버가 줄줄이 나왔다.

야스오는 멍하니 그 광경을 바라보았다.

로비가 순식간에 사람들로 넘쳐흘렀다. 모두들 악기를 들고 있어서 장소가 좁았다.

야스오는 안쪽으로 물러섰다.

“앗!”

외치는 소리가 났다.

“미안!”

야스오는 돌아봤다. 뒷걸음질을 하는 바람에 자기도 모르게 그 여대생 같은 여자의 발을 밟아버린 것이었다.

“미안. —괜찮아?”

야스오는 물었다.

“예…….”

여자는 얼굴을 들고 다시 말했다.

“괜찮아요. 조금 놀랐을 뿐.”

살결이 하얀 가냘픈 느낌의 아가씨였다. 손가락이 길었다.

“미안해.”

야스오는 다시 한 번 말했다.

여자는 말없이 고개를 저었다. 긴 머리를 쓸어 올리자, 손목에 붕대를 하고 있는 것이 보였다.

“—수고하셨어요.”

“그럼 또 봐.”

이러한 말을 주고받으며 오케스트라 단원들이 돌아갔다.

바이올린 섹션이 가장 사람들이 많아서 눈에 띄었다. 특히 말러의 편성은 컸다. 아마 밖에서 아르바이트 단원을 불렀을 것이다.

야스오는 무의식중에 그 여자애에게 말했다.

"그쪽은 바이올린?"

"네?"

여자애는 야스오를 보았다.

"손가락을 보고 그렇게 생각했어."

"예."

여자애는 고개를 끄덕였다.

"혹 음대분인가요?"

"전에는."

야스오는 말했다.

"저는 2학년."

"어디?"

"T음대요."

"에! 우수하군."

"천만에요."

여자애는 고개를 흔들었다.

"낙오자예요, 그곳의."

"학생―누군가 기다리고 있어?"

"예. 지휘자요."

야스오는 조금 놀랐다.

"왔다."

"왔어."

그때, 모여 있던 여자애들이 소리를 지르며 지금 막 나온 피아니스트한테 몰려갔다.

야스오는 조금 쓴웃음을 지었다.

"저런 일을 잘도 하는구만."

"맞아요."

여자애는 말했다.

"하지만 부러워요."

"어째서?"

"음악을 배우면 저런 식으로 음악을 듣는다는 것은 불가능하잖아요.―때로는 저런 식으로 들어 보고 싶어요."

"그런가……."

야스오는 중얼거렸다.

그럴지도 모른다.

야스오는 언제나 싸구려 브라보를 외치는 녀석들이나, 스테이지에 달려가 꽃다발을 주거나 악수하고 싶어 하거나 하는 여자애들을 무시했다.

하지만 연주하는 인간에게는 어떤가?—그런 것을 야스오는 생각한 적도 없었다.

"지휘자한테 용무가 있나요?"

여자애가 물었다.

"응?—아아, 조금. 하지만 바로 끝나."

"나도요."

여자애는 말했다.

두 사람은 그냥 미소를 지었다.

"말러 좋아해?"

야스오는 물었다.

"예."

"나는 9번이 가장 좋은데."

"와, 어둡네요. 나는 4번."

"행복한 음악이니까?"

"짧으니까, 졸리지 않아서요."

그렇게 말하고 여자애는 웃었다.

야스오도 함께 웃었다.

“악기는 뭘 하나요?”

“나? 플루트야.”

“오케스트라에서요?”

“학교의. 조금 했을 뿐이야.”

“말러는요?”

“한 적이 없어. 뭐 40인밖에 없는 오케스트라였는걸.”

“그래요? 난 딱 한 번 해봤어요. 선배 대타로 갑자기. ─끝나자 완전 녹초가 되었어요.”

“하지만 잘 해냈겠지.”

“그때 지휘한 사람이 오늘 지휘자였어요.”

여자애는 말했다.

“그래?”

야스오는 고개를 끄덕였다.

“나도 한번 오케스트라를 해보고 싶었는데.”

“이제 음대에는 다니지 않나요?”

야스오는 어깨를 움츠렸다.

“병에 걸려서 그만뒀어.”

“아깝군요.”

“그다지 실력은 없었어.”

야스오는 정직하게 말했다.

“—요전의 시카고의 말러는 들었나요?”

“아니. 음악회는 오랜만이야. —들었어? 어땠어?”

“소리만 크고 아니, 맘모스가 걸어가는 것 같았어요.”

“맘모스!”

야스오는 웃었다.

이런 때에 웃을 기분이 될 수 있으리라고는 생각지도 못했다. 그런데…….

하지만 그 웃음은 극히 자연스럽게 나온 것이었다.

피아니스트는 돌아갔고, 그 팬들도 사인을 받고 악수를 주고받고 만족한 듯이 돌아갔다.

—이후는 야스오와 그 여자애만이 남았다.

“늦군.”

야스오는 말했다.

“그러네요.”

여자애는 자신의 구두 앞으로 시선을 떨어트리고 콘크리트 바닥에 구두로 원을 그리기 시작했다…….

3화

세일러복

1

스포츠카가 아파트 앞에 멈췄다. 문이 열리고 세일러복 차림의 소녀가 내렸다.

"―자, 그럼 또 봐."

운전석에 앉은 남자가 말을 건넸다.

"또 만나 줄래요?"

소녀가 물었다.

"그래, 즐거웠어."

"저도요."

"자, 그럼."

"바이바이."

차가 움직이기 시작했다. ─ 소녀는 손을 흔들며 배웅하고 있었는데 ─ .

"아차 ─ !"

소녀는 손을 입에 대고는 말했다.

"가방을 두고 와 버렸네!"

"야 ─ 뭐야."

조금 떨어진 곳에 있던 잠바 차림의 남자가 질렸다는 듯이 말했다.

"좀 확실히 하라고."

"하지만."

소녀는 입을 내밀었다.

커다란 전문가용 비디오카메라가 소녀를 향하고 있었다.

"그래, 됐어."

감독이 머리를 톡톡 두들겼다.

"이걸로 오케이하자고."

"아아, 끝났다!"

세일러복의 소녀는 기지개를 켜더니 스태프들에게 말을

건넸다.

"저, 누가 담배 좀 줘요."

"―빨리 정리해."

감독이 말했다.

"이 부근은 시끄러워서 들키면 골치 아프니까."

스태프라고 해 봤자 대여섯 명.

조명기구, 카메라 삼각대 등을 신속하게 소형 밴 뒤에 집어넣었다.

"―이제 됐나? 이봐! 그 차 반납해!"

조금 달리다 멈춰서 있던 스포츠카에 소리를 지르자 창문으로 얼굴을 내밀고 남자 배우가 물었다.

"조금 더 타도 괜찮겠지?"

"아침까지는 돌려줘. 초과 요금은 출연료에서 뺄 테니까."

"짜다니까!"

남자는 투덜대다가 소녀에게 말을 건넸다.

"어이, 데려다 줄까?"

"됐어요. 바로 근처인데요 뭐."

"차였군."

감독이 웃었다.

“—좋아! 간다.”

“그럼 안녕.”

소녀가 담배를 내뿜으며 감독에게 말했다.

“또 전화해 주세요.”

“걸어서 갈 거야?”

“예. 어차피 우리 아파트 바로 이 뒤거든요.”

“그럼, 수고했어.”

감독이 올라타자 소형 밴이 달리기 시작했다. 방금 전의 스포츠카도 이미 없어졌다.

“수고했어요, 수고했어요, 라니, 이제 끝난 건가.”

소녀는 중얼댔다.

“아아 피곤해.”

아파트 입구 옆의 돌담 위에 걸터앉았다.

벌써 새벽 두세 시쯤 됐을까?

롭뽕기 근처라면 아직 사람이 있을지도 몰랐다. 하지만 이 시간에 놀러나갈 힘도 없고.

“이 꼴로는…….”

소녀는 웃으며 자신의 세일러복을 내려다보았다.

조용한 주택지였다. 극히 보통의 집은 잠들어 있을 시간이었다.

"돌아갈까……."

담배를 던져 버리고 일어서서 엉덩이를 손으로 털었다.

"─아유, 아파."

허리를 누르며 신음소리를 냈다.

이 소녀의 이름은 이시이 미쯔에. ─본명이다.

예명은 여러 개있었다. 스스로도 전부는 기억하지 못했다.

프로덕션을 옮길 때마다 이름을 바꿨기 때문에 도무지 기억할 수가 없었다.

이시이 미쯔에는 여배우는 아니었다. 아니, 본인은 누가 물어보면 "여배우예요."라고 대답했다.

때로는 '모델'이라고 말하는 경우도 있었다.

어느 쪽이든 크게 상관없다고 하는 것이 미쯔에의 솔직한 마음이었다.

원래는 요컨대 할 일도 없고 해서 그냥 해본 지원일 뿐이었다.

가능한 한 편하게 많이 벌고 싶다. 그것만이 바램이었다.

그를 위해서 미쯔에가 이용할 수 있는 것이라면—조금 귀여운 얼굴과 마른 듯하면서도 균형 잡힌 몸밖에 없었다.

그래서 당연한 듯이 사진 모델이 되고—그것도 누드만. 그 인연으로 비디오에 나오게 되었다.

보통의 사진을 찍는 것보다 비디오에 나오는 편이 돈이 되었다. 실제로 해야 하는, 즉 정말로 남자 품에 안겨야 하는 상황도 있었지만, 미쯔에는 열네 살 이후부터 남자에 관해서는 베테랑이었다.

단지 그다지 머리가 좋지 않아서 돈 있는 사람을 잡을 수 없었다고 하는 정도였다.

가볍게 휘파람을 불면서 미쯔에는 걷기 시작했다.

—이 직업, 그렇게 싫지도 않다.

상대방이 싫어하는 타입의 남자라면 짜증날 때도 있지만 그럴 때는 진짜로 하지 않고 하는 체만 하고 끝냈다.

아파트에 혼자 살면서 조금씩 저금도 늘고 있었다.

다만 문제는 언제까지 이 일을 할 수 있을까, 하는 것이었다. 몸이라면 그런대로 튼튼했다.

그러나 이런 모습으로 통용되는 것도 점점 어려워지고 있었다.

세일러복을 입은 고교생이 설정인데 미쯔에는 이미 스물여섯 살이니까…….

물론 이런 종류의 비디오에서는 보는 사람들도 그런 점에 그다지 구애받지 않는다. 그러나 요즈음은 정말로 젊은, 실제의 세일러복을 입은 학생이 비디오에 나와서 미쯔에도 눈을 휘둥그렇게 할 정도의 행위를 태연히 한다.

그렇게 되고 보니, 스물여섯 살과 열여덟 살이라는 것은 역시 피부의 광택부터가 틀렸다. 특히 비디오의 섬세한 화면에서는 눈에 띄는 것이었다.

슬슬 '세일러복'에서 '유부녀'로 변하지 않으면 안 된다고 미쯔에는 생각했다.

아무리 동안이라도 잔주름이 눈에 띄는 얼굴로는 좀 곤란했다.

'뭐, 걱정해 봤자 소용없는 일인가!'

중얼거리며 미쯔에는 걷고 있었다.

차가 느닷없이 눈앞에 나타났다.

큰—터무니없이 큰 외제차가 커브길에서 부웅 하고 소리를 내면서 나왔던 것이다.

"으악!"

미쯔에는 깜짝 놀랐다.

뜻하지 않게 뒷걸음질친 바람에 발이 미끄러졌다.

"아얏!"

심하게 엉덩방아를 찧어버렸다.

차가 멈췄다. ─문이 열리고 누군가가 내려왔다.

에이 씨! 사람을 놀라게 하고 그래!

조금 겁 좀 줘야지.

"아……. 아이고 아야……."

미쯔에는 오버하여 소리를 질렀다.

"괜찮은가?"

낮고 깊이가 있는 목소리가 들렸다.

얼굴을 들자 백발의 신사─아니, 조금 어두워서 잘은 모르겠지만, 어쨌든 그런 것 같았다.

"예……. 아, 좀 허리를 삐끗해서……."

"그것 큰일이군. 이거, 미안하게 됐네. 차가 너무 커서 사이드미러가 잘 안 보였어. ─지금 바로 구급차를 부를 테니까."

미쯔에는 놀라서 허둥대며 일어섰다.

"아니─괜찮아요. 별것 아니에요!"

“그래?”

“예. —좀 놀랐을 뿐이니까요.”

“아니, 그렇지만 만일의 경우도 있으니까.”

보아하니 육십 전후의 신사인 듯했다. 차에 잘 어울리는 좋은 양복을 입고 있었다.

“타지. 집까지 바래다 줄 테니.”

“예?”

“자, 타지.”

뭔지 잘 모르는 체로 미쯔에는 그 터무니없이 큰 차의 뒷좌석에 혼자 타게 되었다.

“집은 어딘가?”

신사가 물었다.

“아—집요? 좀 멀어요.”

“그래, 혼자인가?”

“예.”

“음, 그렇군.”

—뭔지 잘 모르겠지만 이 신사는 납득한 듯이 끄덕였다.

하지만 그렇다 치더라도 차는 굉장하다!

택시도 좀처럼 타지 않는 미쯔에이지만, 이 외제차의 쿠

선은 정말…….

꿈만 같았다.

촬영 때문에 탄 스포츠카도 이것에 비하면 애들 세 발 자전거 같다—라고 한다면 너무 호들갑일지도 모르겠지만.

—이윽고 조금 불안해진 것은 십 분 정도 달리고 나서였다. 차는 빨간 불에 멈춰서 있었다.

그렇구나, 역시 이런 큰 외제차라도 빨간 불일 때는 서는구나.—굉장한데! 어쨌든 뭐든지 감탄해 버리는 것이었다.

그리고 문득 생각했다.—이 차 어디에 가는 걸까?

집에까지 태워다 준다고는 했지만 나, 아파트 위치도 말하지 않았는데. 게다가 이쪽 방향도 아니다.

그렇다면 어디로 태워다 줄 생각일까?

그리고 머리에 떠오른 것이 있었다.—큰 외제차를 타는 사람 중에는 조폭이 많다는 것!

하지만 미쯔에가 나오는 비디오는 일단 정식 루트를 통해서 팔리는 것으로, 이른바 '뒤로 거래되는 비디오'와는 달라 폭력배가 개입되어 있는 것은 아니었다. 그러나 어차피 이런 세계는 많건 적건 간에 그런 쪽과 관련이 있었다.

어디어디의 프로덕션 사장들은 새끼손가락이 없다—물론

잘린 것이다―라는 이야기를 가끔씩 들었다.

만일 이 백발의 신사가 조폭이라면……. 보기에는 그런 인상이 아니지만, 겉모습만으로는 알 수가 없었다.

조폭이라고 해도 옛날처럼 문신을 등에 새기거나 하는 타입만 있는 것은 아니었다. 특히 보스 급들은 평범한 비즈니스맨 같은 외견을 하고 있는 경우가 많다고 했다.

물론 겉모습만이다. 속은 여전히 흉악하여 뒤에서는 뭘 하고 있는지…….

어쨌든 혹시 이 신사가 그 계통의 인물이라면 꽤 위험한 상황이 되고 만다.

미쯔에는 차가 움직이기 시작하자 조금 초조해졌다.

만일 상대가 미쯔에를 일부러 차에 부딪혀서 보상금을 뜯어내려는 것으로 보고 있다면 도리어 힘든 상황에 처하게 될지도 몰랐다.

이런 생각을 떠올리자 직업상 폭력 장면도 찍고 있어서, 눈앞에 자신이 묶여 있는 광경이 떠올라, 미쯔에는 창백해져 와들와들 떨기 시작하고 말았다.

뭐, 이런 부분의 단순한 점이 미쯔에다운 것이었다.

"몸이 안 좋나?"

신사가 물었다.

"아니요, 전혀!"

미쯔에는 당황하여 고개를 가로저었다.

"그래? 하지만 얼굴색이 안 좋은 것 같은데……."

앞을 보고 있으면서 어떻게 아는 걸까?

미쯔에는 룸미러를 전혀 눈치 채지 못했다

"역시 병원에 가 보는 편이 좋지 않겠나?"

"아니요! 괜찮습니다. 아―저기서 세워 주세요. 태워 주
서서 정말 감사합니다. 그럼 안녕히 가세요."

―차는 아직 달리고 있었다.

"여기서 내려서 어쩔 셈인가?"

신사가 물었다.

"여기가 저의 집이에요! 보세요, 여기―이 큰 건물―."

"이건 청과물 시장인데."

"아―그렇죠? 어쩐지 너무 크다는 느낌도 들었는데……."

미쯔에의 목소리는 점점 작아졌다.

"가출해 나온 거지? 숨기지 않아도 알 수 있어."

"―예?"

"어떤 사정인지는 모르겠지만, 그래 요즘은 가출이 전부

다 나쁘다고는 말할 수 없는 세상이니까.”

가출―? 내가 가출한 여자로 보인단 말인가?

“뭐, 어쨌든 마음을 가라앉히는 게 좋아. 부모나 자식이나 흥분해 있을 때는 제대로 되는 일이 없는 법이니, 맞지 않나?”

“그, 그렇죠.”

“당분간 떨어져 있어 보면, 부모는 자식이 어떻게 지내는지 걱정을 하게 되고, 자식은 부모가 그리워지게 되지.―부모자식 간이란 그런 것이지.”

“예.”

“자네, 잠시 우리 집에 있어도 괜찮네. 다행히 남는 방도 있고, 그리고 자네 한 명 정도 있다고 해 봤자 별 어려울 것이 없으니까.”

“예.”

“괜찮겠나, 그래도?”

“아―예.”

미쯔에는 끄덕였다.

“그렇다면 됐어. 앞으로 20분 정도 걸리니 편히 쉬고 있게나.”

─미쯔에는 놀라서 눈을 휘둥그레 떴다.

이렇게까지 마음대로 오해를 하고 그렇게 생각해 버리는 사람도 드물다.

그러나 어쨌든 두려워하고 있던 조폭은 아닌 것 같아서 한숨 놓았다. 어디로 데리고 갈 생각인지 잘은 모르겠지만…….

"아, 그런가─."

무심결에 미쯔에는 중얼거렸다.

다행히 운전 중인 신사의 귀에는 안 들린 것 같았다.

이 사람은 요컨대 나를 사려고 하는 것이다. 자신의 집에 데리고 가서 이상한 짓을 하려고…….

뭐 이런 할아버지가 다 있어! 용서할 수 없어!

이렇게 생각하면서─하지만 미쯔에 쪽도 절대로 싫다는 것은 아니었다.

다만 아무리 돈을 준다고 해도, 일이라면 몰라도 이런 식으로 남자와 자는 것은 매춘과 다를 바가 없지 않은가. 거기에는 저항감이 있었다.

비디오를 찍을 때 모르는 남자와 하는 건 어떤가, 어디가 다르냐, 하고 묻는다면 미쯔에도 대답하기 곤란했지만, 그러나 미쯔에는 마음속으로 둘을 확실히 구별하고 있었던 것이다.

게다가 미쯔에는 나이 많은 사람을 그다지 좋아하지 않았다. 애인으로 할 거라면 역시 젊은 쪽이 나았다. 돈은 없을지 몰라도…….

ㅡ뭐 어때.

어쨌든 그쪽에 도착할 때까지 쿠션도 좋고 하니 좀 즐겨두자. 두 번 다시 이런 차는 탈 수 없을 것 같으니…….

아마 이 할아버지는 나를 어두운 곳에서밖에 보지 못했으니 진짜 세일러복의 여고생으로 생각하고 있을 것이다.

그쪽에 도착해서 밝은 데서 나를 보면 깜짝 놀라ㅡ뭐 그 정도는 아니래도, 미쯔에는 자기 자신을 잘 알고 있었다.

아무리 노력한다 해도 스무 살 이하로는 보이지 않는다. 통하는 것은 비디오 속 세계뿐이다.

차는 좁은 골목에 들어가자 그대로 쑥 내리막길을 내려갔다. 아무래도 지하 주차장에 들어간 것 같았다.

"ㅡ여기가 내 맨션인데."

신사가 말했다.

"피곤한가?"

"아니요."

이런 고급 차에 타고 피곤해 할 사람이 있을까!

"그래?"

차를 정해진 장소에 넣고 엔진을 껐다.

"자—나가지."

아니, 꿈같은 드라이브도 이제 끝인가.

미쯔에는 차에서 나왔다. 신사가 엘리베이터 쪽으로 걸어 갔다.

발소리가 주차장 안에 울려 퍼졌다.—굉장한 외제차들만 늘어서 있었다.

미쯔에가 본 것만으로도 벤츠가 세 대나 있었다. 게다가 저건—그래 롤스로이스.

"자—타지."

어느새 엘리베이터 문이 열려 있었다.

엘리베이터 안도 일류 호텔 같은 내장이었다.

우리 아파트와는 정말 다른데, 하고 생각했다. 우리 아파 트는 계단이니까 당연하지만.

"오층이 우리 집이야."

신사는 말했다.

엘리베이터 안은 밝았다. 신사가 물끄러미 미쯔에를 바라보았다. 미쯔에는 가능한 한 귀여운 느낌의 표정을 지었다.

"아가씨는 몇 살이지?"

드디어 올 게 왔군. ―역시 세일러복 차림은 좀 무리가 있는 거야.

"예―저―열여덟인데요."

될 대로 되라 식으로 말해 버렸다. 여자는 배짱.

"열여덟?"

신사는 조금 놀란 듯이 말하며 미쯔에를 다시 바라보았다.

"그래?―더 어려 보이는데."

"예?"

"열여섯 정도일까 했는데."

―아무리 봐도 놀리는 건 아니다!

이번에는 미쯔에 쪽이 놀랐다.

엘리베이터에서 내리자 눈앞에 문이 있었다.

묘한 맨션이라는 생각이 들었다.

형무소 같았다. 격자무늬의 문을 열쇠로 열자 온통 카펫이 깔려 있는 복도가 쭉 이어지고 문이 세 개, 네 개 늘어서 있었다.

"―자, 여기야."

신사가 문을 하나 열었다.

"안 잠겨 있나요?"

묻는 미쯔에에게 신사가 말했다.

"이 층은 전부 내 집이야."

미쯔에는 깜짝 놀랐다…….

2

팔다리를 길게 쭉 뻗고, 미쯔에는 느긋하게 욕조에 들어가 있었다.

"―최곤데!"

생각지도 않게 말이 나와 그만 속마음이 드러났다.

대리석이 깔려 있는 반짝반짝 빛나는 그런 욕실.

큰 거울, 화장대, 가운, 샤워…….

미쯔에의 아파트에도 욕실은 붙어 있었다. 단지 미쯔에 혼자라 하더라도 무릎을 구부러서 부둥켜안지 않으면 들어갈 수 없는 것이다. 욕조 밖은 다리를 쭉 펴면 벽에 부딪칠 정도였다.

거참—세상에는 이런 곳에서 매일 생활하는 사람도 있구나.

미쯔에는 턱 부분까지 물속에 담그고 기분 좋은 듯 눈을 감았다.

고양이가 기분 좋을 때 그렁그렁하고 우는 것처럼 황홀한 표정이었다.

미쯔에는 목욕을 좋아했다.

그렇다고는 해도—이 신사, 아니 이름은 시모까와라고 하는 것 같은데, 뭘 하는 사람인지는 차치하고 어쨌든 굉장한 부자인 것 같았다.

이 맨션의 한 층을 전부 사 가지고 있다니, 그것만으로도 틀림없이 몇 억 엔은 할 것이었다.

잘 보면 백발이긴 하지만 아직 육십은 안 된 듯이 보였다. 얼굴색도 나쁘지 않고 몸집도 꽤 다부졌다.

게다가 이렇게 휑하게 넓은 곳에서 혼자 사는 것 같았다.

틀림없이 실업가에(미쯔에는 실업가라는 것이 뭘 하는 사람인지 몰랐다) 독신주의로, 때때로 이런 식으로 젊은 여자와 놀고 있는 것일 게다.

쓸데없이 가족을 두어 속박당하는 게 싫다는 타입.

전에 미쯔에도 역시 그런 주의의 남자와 사귄 적이 있었
는데, 사실 그 남자는 단지 부인과 아이들이 도망간 것뿐이
었다.

하지만 이번엔 진짜다! 시모까와. ─이름도 나쁘지 않네
(좋을 것도 나쁠 것도 없지만).

열여섯 정도로 보인 것에 깜짝 놀랐지만, 익숙하지 않은
사람은 여자의 나이를 잘 알 수 없는 것이고.

게다가 확실히 나는 동안으로 어리게 보이고…….

미쯔에는 오늘 하룻밤으로 끝나도 만족이라고 생각했다.
이렇게 큰 욕실 안에 들어갈 수 있었다는 것만으로도…….

"─어떤가?"

갑작스레 말을 걸어 와 욕조 안에 멍하니 있던 미쯔에는
깜짝 놀랐다.

"예? 예."

일어서려고 하다 오히려 쑥 미끄러져서 머리까지 물속에
잠겨 버렸다.

"─이거 미안하군."

시모까와는 세련된 스웨터로 갈아입었다.

"아, 아니요……."

쿨럭거리면서 미쯔에는 눈을 동그랗게 떴다.

"정말—멋진 욕실이네요."

"너무 오랫동안 안 나오길래 걱정이 되어서 보러 왔을 뿐이야. 면도기로 손목이라도 그은 건 아닌가 해서……."

"설마."

미쯔에는 웃었다.

"그렇다면 됐고. 천천히 하다 나와."

"목욕을 워낙 좋아해서요. —이제 나갈게요."

"그래. 배는 고프지 않나?"

"예—아, 그러네요. 사실은 많이 고픈데요."

원래 배가 고팠는데 오래 목욕을 하다 보니 더욱 고파졌다.

"그럴 거라고 생각했지. 준비해 뒀어."

시모까와는 웃었다.

미쯔에는 시모까와가 욕실을 나가자 후 하고 숨을 내쉬었다.

내 알몸을 훔쳐보러 왔나? 하지만 그런 것 치고는 음흉한 눈빛은 아니었다.

뭐 어차피 나중에 천천히 즐길 거라고 생각하고 있겠지

만.

욕조에서 나와 두터운 타월로 몸을 닦고 가운을 입었다.

큰 거울 앞에 서서 문득 가운을 벗어 보았다. ―아직 몸매는 싱싱했다.

하지만 열여섯으로 통하지는 않겠는데. 역시…….

넓은 거실에 와서 미쯔에는 눈을 휘둥그렇게 떴다.

유리 테이블 위에 요리가 쭉 놓여 있었다.

"―아직 따뜻할 거야. 자네가 욕실에 들어가 있는 동안 근처 레스토랑에서 시켰어."

"맛있겠는데요!"

경망스럽게 손을 뻗치고는 확인하듯 물었다.

"―먹어도 되나요?"

"자네를 위해서 시킨 거야."

이렇게 많이! 다 먹지 못하는데!

미쯔에는 내일 돌아갈 때 랩에 싸서 가지고 가야지 하고 생각했다. 그것보다도 도시락 통 같은 건 있을까?

"―벌써 다섯 시야."

시모까와는 말했다.

"날이 샐 듯하군."

"아, 진짜네."

물론 미쯔에는 새벽녘에 자는 타입이었다.

"시모까와 씨, 언제나 이런 시간까지 안 주무시나요?"

"아니, 보통은 3시에는 자지. 8시에 일어나야 하니까."

"5시간밖에 안 주무세요?"

"나이를 먹으면 수면 시간이 적어도 괜찮지."

"아직 젊으세요."

"고맙군."

시모까와는 웃었다.

"말이라도 고마운데. 손자 같은 자네에게 그런 말을 들으니."

손자라……. 기껏해야 딸과 비슷한 나이인데, 나는.

"―천천히 들게."

시모까와는 일어섰다.

"나는 내일도 8시에 일어나야 되니까. 아니, 오늘이라고 해야 하나? 먼저 자겠네."

"아―그렇지만."

미쯔에는 당혹해했다.

"뭐지?"

"예―저―목욕은 안 하시나요?"

아무것도 아닌 것을 물었다.

"다른 욕실에서 먼저 끝냈어."

그야 이토록 방이 많이 있으니까.

"그러면 저는 어디서 자면?"

"아, 그렇군. 그 말 하는 것을 잊었군. 저쪽 보라색 문을
자네의 침실로 하지. 조용하니까, 뒤쪽이어서.―그러면 푹
쉬라고."

"예."

"잘 자."

"안녕히…… 주무세요."

시모까와는 다른 방에서 자는지 나가버렸다.

―어떻게 되고 있는 거지?

미쯔에는 아직 겨우 막 손을 대기 시작한 요리를 바라보
며 계속 머리를 갸웃거렸다. 대충 먹고 배가 부를 정도가 되
자 이미 아침 6시.

목욕을 해서 완전히 몸도 풀리고, 게다가―침대라는 것도
내 아파트의 얇고 허술한 이것과는 천국과 지옥 차이였다.

이런 상황에서 곧바로 잠들어 버리지 않으면 인간도 아니다.

상대방이 어떤 속셈이든지 알 바냐!—미쯔에는 침대에 들어가자 10초도 안 되어 가볍게 코를 골기 시작했다.

그리고 눈이 뜨인 것은 오후 3시. 9시간이나 푹 잠들었던 것이다.

"—네, 여보세요."

졸린 듯한 목소리가 났다.

"누구?"

"나, 미쯔에예요."

상대방이 순간 숨을 삼키는 것을 알 수 있었다.

"미쯔에!—너야 정말로?"

"나예요. 뭘 그리 놀라는 거예요?"

전화 상대는 전의 그 비디오 감독인 하야시였다.

"너—어디에 있는 거야?"

"그냥 아는 사람 집에."

"네가 그날부터 아파트에 돌아가지 않았다는 말을 듣고 걱정했다고! 누군가한테 죽은 건 아닌가 하고, 꽤 소문이 돌왔다니까."

"웃기고 있네요."

미쯔에는 얼굴을 찡그렸다.

"겨우 일주일밖에 안 지났는데. 무슨 소리예요?"

"다음 작품 이야기가 와 있는데. 이번에는 오키나와 로케! 어때?"

"오키나와라……."

"뭐야, 그다지 기뻐하는 것 같지 않은데……."

"잠시 만나서 상의하고 싶은 게 있어요."

"나한테? 좋아. 그럼 어디서 만날까?"

—장소를 정하자 전화를 끊고 미쯔에는 소파에 드러누웠다.

여기는 아직 시모까와의 맨션이었다.

일주일이나 지났다.—처음 얼마 동안은 이 호화스러운 맨션 생활을 즐겼던 미쯔에도 일주일이 지나자 왠지 따분해졌다.

할 일이 없는 것이었다.

식사는 시모까와가 어딘가에 데려가 주기도 하고 그렇지 않으면 배달—배달이라고 해도 고기덮밥 같은 것이 아니고 레스토랑이나 호텔에서 시켜오는 것이었다.

청소나 빨래는 삼일에 한번 가정부가 와서 해 주었다.

미쯔에는 먹고 자는 것 외에 텔레비전을 보는 정도밖에 할 일이 없었다. 게다가 혼자서 잤다.

시모까와는 정말로 미쯔에를 그저 가출한 딸 정도로 생각하고 이곳에 머물게 하고 있는 것 같았다.

부자의 즉흥적인 자선 같은 건지도 몰랐다. 그러나 왠지 속이고 있는 것 같아서 미쯔에로서는 뭔가 꺼림칙한 기분이었다.

상대방이 자기 마음대로 착각해서 친절하게 대해주는 것이니까 내버려두면 되는 일이지만, 매일 얼굴을 마주하고 있자니 그렇게만도 할 수 없게 되었다.

어찌 된 것인지 하야시를 만나서 상의해 봐야겠다는 생각이 든 것이었다.

―외출 준비를 했다.

옷장이 있는 곳에 들어가니 그 세일러복도 잘 다림질해서 넣어두었는데 그렇지만…….

이것도 미쯔에의 고민거리였다.

아니나 다를까, 하야시는 약속한 커피숍에 들어와 미쯔에를 보자마자 웃음을 터뜨렸다.

"—웃지 말아요."

미쯔에는 하야시를 노려보았다.

"하지만 이봐, 어디 다른 비디오에라도 출현하고 있는 거
야? 그것도 로리콤물에? 아무리 봐도 열네댓 살 애들 옷인
데!"

"어쩔 수 없다고요, 내가 산 것이 아니니까."

"흠, 그럼 누가?"

"—어쨌든 처음부터 얘기할 게요."

미쯔에의 말을 듣고 하야시는 어안이 벙벙해졌다.

"거참!—좀 이상한 거 아냐, 그 사람?"

"아마. 그렇지만 아주 좋은 사람이라고요. 게다가 굉장한
부자고요."

"어쨌든 재미있는 이야기인데. 그럼 정말 너한테 손도 안
댄단 말이야?"

"손가락 하나도."

미쯔에는 고개를 끄덕거렸다.

"흥, 동성연애자도 아니고?"

"그런 분위기는 아니에요. 그렇다면 눈치 챘죠."

“음, 그렇담, 역시 좀 특이한데.”

“네, 하지만 왠지 좀 마음이 무거워요. 이제 아무 말 없이 그냥 나갈까 생각 중이에요.”

“왜?”

“아니, 속이고 있는 그런 거잖아요.”

“바보같이! 더 어리광피우며 보석이나 모피 같은 걸 사달라고 해. 그편이 훨씬 좋잖아.”

하야시는 문득 눈썹을 찡그리고는 말했다.

“잠깐―이봐, 어때. 너 그 사람을 유혹해서.”

“네?”

“애가 생겼다, 책임져라, 어쩌고 하면서 재산을 좀 뺏어.”

“만화도 아니고…….”

미쯔에는 말했다.

“어쨌든 나가야 된다고 생각은 했지만, 그 사람 내가 있는 게 아주 즐거운 것 같아서…….”

그렇다. 시모까와도 미쯔에와 이야기하고 있으면 굉장히 즐거운 듯했다.

미쯔에는 그런 만큼 오히려 마음에 걸려서 어쩔 수가 없었다.

"-이봐."

하야시가 말했다.

"그 맨션에 데려가 줘."

"좋아요, 하지만 밤이 되면 그 사람 돌아오니까-."

"알고 있어. 조금 엿보기만 할 테니까."

-두 사람은 커피숍을 나왔다.

한 남자가 그 뒤를 쫓기 시작했다.

"-이거 굉장하고만!"

하야시는 멍하니 입을 벌린 채로 감탄할 뿐이었다.

"그렇죠?"

미쯔에는 소파에 앉아 손을 펼쳤다.

"난 가난한 생활이 몸에 배어서 왠지 안정이 안 돼요."

"대단하구만."

하야시는 하나하나의 방을 모두 둘러보고 한숨을 내쉬었
다.

"나 같으면 열여섯이건 열셋이건 완전히 그 나이가 되어
뭐든지 하겠다. 이런 데서 살 수만 있다면."

"하지만 이런 귀여운 옷을 입히고, 싫어진다고요. 나 스물

여섯이라고요 이제.”

“상대방이 열여덟이라고 생각한다면 열여덟로 좋지 않
아?”

하야시는 웃었다.

“—이봐, 침실은?”

“거기 보라색 문이에요.”

“좋군. 보라색 문이라는 게 맘에 드는데!”

미쯔에는 일어나 걸어가서 그 문을 열었다.

“와, 침대도 굉장히 크구만.”

“쿠션도 좋다고요.”

“좀 누워 봐도 될까?”

“그러세요.”

하야시는 앉아서 좀 튕겨 보았다.

“과연, 잠자리는 나쁘지 않겠는데.”

“최고라고요.”

“둘이라면 더 최고겠지.”

미쯔에는 힐끗 하야시를 보았다. —하야시와도 때때로 호
텔에 가는 사이였다.

일주일 동안 남자 없이 지냈고……. 슬슬 좋을 것 같기도

했다.

"그렇죠······."

미쯔에는 걸어가서 하야시와 나란히 앉았다.

"―귀여운 옷도 나쁘진 않은데."

하야시는 미쯔에의 머리를 쓰다듬었다.

"그래요?"

"열여덟까지는 아니더라도······. 스물······ 다섯으로는 보여."

"바보!"

하야시는 미쯔에를 안고 침대에 쓰러졌다.

하야시가 미쯔에의 옷을 벗겨 갔다. ―미쯔에는 깊이 숨을 들이쉬고 눈을 천장으로 향했다.

별안간 번쩍하고 플래시가 터졌다.

"꺄악!"

미쯔에는 벌떡 일어났다.

"―좋은 광경이었어."

서 있던 사람은 삼십대로 보이는 양복 차림의 남자였다.

"좀 더 기다리는 편이 좋았으려나."

"당신 누구야!"

미쯔에는 옷을 주워 모아 알몸인 가슴에 갖다댔다.

"무단으로 남의 집에—."

"네 쪽은 어떤데?"

남자는 비웃듯이 말했다.

"아버지를 속여 열여덟이라고 하고 여기에 눌러 붙어 있으면서."

"아버지를—?"

"나는 시모까와 류우이치. 시모까와 시게유끼의 아들이다."

그 남자는 말했다.

"자식이 부모 집에 들어오는 것은 보통 가택 침입이라고 하지 않지."

미쯔에도 하야시도 아무 할 말이 없었다. —반나체로는 아무 말도 할 수 없었다.

"옷을 입으시지."

류우이치는 이렇게 말하고 카메라를 미쯔에에게 향했다.

"그전에 한 장 더 어떨까!"

"그만둬요!"

미쯔에는 말했다.

“농담이야. ─저기서 기다리지.”

시모까와 류우이치는 침실을 나와 문을 닫았다.

“─어떻게 된 거야?”

하야시가 당황해하며 말했다.

“몰라요.”

미쯔에는 어깨를 움츠렸다.

“어쨌든 옷을 입는 수밖에 없을 것 같네요.”

3

거실에는 또 한 사람, 삼십대 후반에 접어들어 보이는 여자가 소파에서 담배를 피우고 있었다.

“이쪽은 우리 누나. 결혼해서 지금은 오오타니 미끼라고 하지.”

“최근에 이혼을 했으니 지금은 시모까와 미끼지.”

여자가 말했다.

“누나 또 이혼했어? 그건 몰랐네.”

“내가 말 안 했어?”

“그전의 일은 들었지만.”

상당한 여자인 것 같았다. ─미쯔에는 이런 여자한테는 아

163

무리 노력해도 세일러복은 무리라고 생각했다.

"―하실 말씀이란 게 뭐죠?"

미쯔에는 말했다.

"네 비디오를 봤다."

류우이치가 말했다.

"고마워요……."

"표정이 뭔가 좀 그렇더군."

"감독님에게 말씀해 주세요."

하야시는 떨떠름한 표정으로 머리를 긁었다.

"―네가 여기에 굴러들어온 것은 이미 알고 있었지. 가정부에게 돈을 주어서 정보를 모으고 있었으니까."

"그분이―시모까와 씨가 나를 여기에 데리고 왔다구요."

"알고 있고 말고."

류우이치는 고개를 끄덕였다.

"아버지 때문에 힘들다고. 나도 누나도."

"힘들다고요?"

"아버지는 굉장한 재산을 가지고 있어. 회사 주식, 증권, 부동산 같은 것들도."

"그게 저랑 무슨 관계가……. 미리 말해 두겠는데요, 저는 그런 걸 노리고 여기에 온 게 아니라고요."

미쯔에가 말했다.

"당연하지. 당신 같은 여자한테 누가 주기라도 하겠어?
단돈 한 푼이라도."

미끼가 말했다.

미쯔에는 발끈하여 미끼를 노려보았으나 상대는 전혀 반
응하는 기색이 없었다.

"하지만ㅡ."

류우이치가 말했다.

"우리들은 그것이 목적이거든."

"그런 게, 저ㅡ."

"너의 힘을 빌리고 싶어. 그만한 사례는 하지."

미쯔에는 하야시와 얼굴을 마주보았다.

"간단히 얘기하면."

류우이치가 말했다.

"아버지는 우리 자식들을 신용하지 않아. ㅡ뭐, 그것도 무
리는 아니지만. 나도 누나도 돈 쓰는 것밖에 재능이 없지. 학
생 때부터 많은 빚을 아버지에게 떠넘겨 왔으니까."

"하지만 아무리 모아 가지고 있어도 아버지는 다 쓰시지

못해."

미끼는 담배를 재떨이에 비벼 껐다.

"어차피 우리 돈이 되는 거지."

"그런데 아버지는 그렇게 생각하지 않거든."

류우이치는 고개를 가로저었다.

"최근 들어 아버지가 재산을 재단을 만들어 교육기금으로 하려고 한다는 것을 알았거든.ㅡ그렇게 되면 우리들은 곤란 해지지."

"돈이 안 들어오니까?"

"그것만이 아냐. 아버지로부터의 상속을 예상해서 꽤 많은 빚을 졌는데, 그걸 갚을 수 없게 되지."

미쯔에는 어이가 없었다.ㅡ미쯔에조차도 자신의 생활비 정도는 자기 몸으로 벌고 있었다.

"아버지의 계획을 막고 빨리 재산을 손에 넣어야 할 필요성이 생겼단 말이다."

"그래서 저한테 어떻게 하라고ㅡ."

"아무것도 안 해도 돼."

"뭐라고요?"

ㅡ미쯔에는 깜짝 놀라서 되물었다.

"아버지에게 더욱 애교를 부리면서 이것저것 모두 사달라고 해. 아버지는 너를 귀여운 소녀라고 생각하고 있으니까."

미끼가 흥 하고 콧방귀를 뀌며 말했다.

"이런 소녀가 어디에 있어?"

미쯔에는 다시 울컥했다.

"아버지가 너에게 많은 돈을 쓰면 쓸수록 이쪽 일은 쉬워지니까."

"도대체 뭘 하려는 거예요?"

미쯔에가 물었다.

"아버지의 정신 상태가 이상하다고 법원에 소를 제기하는 거지."

"뭐라고요?"

"스물여섯이나 되는 여자를 열여덟의 소녀라고 착각해서 귀여워한다. 이건 아무리 봐도 정상이 아니잖아."

"하지만―."

"이상이라는 판정이 나오면 재산을 관리할 능력이 없다고 인정되어 그 권리는 당연히 우리 손에 들어오지."

미쯔에는 아연실색했다.

"그런 짓!―그분은, 물론 나를 열여덟 살이라고 믿고 있는 건 이상할지도 모르지만 그래도 그것 말고는 아주 신사예요. 나한테 손 하나 안 댄다고요.”

“그건 네가 증언하면 돼.”

“증언?”

“매일 밤 아버지하고 잤다고 말이지. —동시에 이 이야기를 주간지에 흘리면, 아버지는 싫어도 은퇴하지 않으면 안 되게 될 거야.”

“그런—그런 일은 할 수 없어요!”

미쯔에는 일어섰다.

“나를 잘못 보았네요! 나도 물론 돈은 갖고 싶어요. 하지만 그렇게 좋은 분에게 올가미를 씌우는 걸 도와주는 짓 따위는 할 수 없어요!”

“의외로 정의의 투사로군.”

류우이치는 웃었다.

“나 여기서 나가겠어요. 그렇게 하면 이젠 끝이에요. 나는 원래의 낡은 아파트로 돌아갈 뿐. 하야시 씨, 가요.”

“기다려!”

나가려는 미쯔에에게 류우이치가 소리쳤다.

“형무소에 가고 싶어?”

미쯔에가 뒤돌아보았다.

"형무소?―왜 내가?"

"아버지가 너에게 사준 옷, 구두, 핸드백……. 모두 얼마 정도 될 거라고 생각하지? 넌 사기꾼이 되는 거야."

"그런……. 놓고 가겠어요!"

"이미 넌 그걸 몸에 지니고 있어. 게다가 이 집에 있던 보석이 너의 아파트에 숨겨져 있다. 그건 틀림없는 도둑이라는 증거지."

미쯔에는 아연실색했다.

"―당신이 했지요!"

"하지만 너의 아파트에 있다고. 게다가 거기 네 애인도."

"하야시 씨? 하야시 씨가 어째서?"

"아까 방을 보며 걸을 때 다이아가 박힌 라이터를 주머니에 집어넣었지."

미쯔에가 뒤돌아보자 하야시는 새파래졌다.

"아니―담배에 불을 붙이고선 그만―그대로……."

"이런―."

미쯔에는 하야시를 힘껏 후려쳤다.

"―용감하군."

류우이치는 웃으며 말했다.

"사이좋은 모습을 보여주는 것은 나중에 하시지. 내 말을 듣지 않으면 너희들 둘은 절도죄로 고소될 거야. ―알았나?"

진지한 어조였다.

미쯔에는 굳어진 얼굴로 그냥 멍하니 서 있을 뿐이었다…….

"―디저트는? 케이크 어때?"

"예……."

시모까와의 물음에 미쯔에는 웃어 보이며 말했다.

"하지만―이미 배가 너무 불러서요."

"그런 말 하지 말게.―젊은 사람에게는 케이크 한두 개쯤 아무것도 아니잖아."

시모까와가 웨이터를 불렀다.

수레에 디저트가 산더미처럼 실려 왔다.

"자―이 케이크."

미쯔에가 말했다.

"―잠깐 실례할게요."

자리에서 일어나 미쯔에는 화장실로 갔다.

세면대에서 휴…… 하고 숨을 내쉬었다.

"―어쩌지."

자기도 모르게 중얼댔다.

오늘도 프랑스 레스토랑에서 저녁식사를 했다.

미쯔에는 교복을 입고 있었다. 이걸 입으면 시모까와도 기뻐했다.

"정말 여학생다워 좋아."

이렇게 말하는 것이었다.

그러나 실제로는 류우이치의 말에 따라 미쯔에는 이것을 입은 것이었다.

가게 사람들도 묘한 눈으로 미쯔에를 보았다.

역시 열여덟 살로는 보이지 않는 것이었다. 그것이 류우이치의 노림수였다.

아버지가 미쯔에를 이곳저곳 데리고 다녀 많은 사람들 눈에 띄게 되면 그만큼 이상하다는 인상을 주기 쉽게 된다.

미쯔에는 마음이 무거웠다.

그렇다고 해서 하야시와 같이 형무소에 가는 것도 싫었다.

자신과는 관계없는 세계의 이야기이긴 하지만, 시모까와

의 친근한 듯한 웃는 얼굴을 보면 마음이 아파졌다.

미쯔에가 손을 씻고 화장실을 나가려고 할 때였다.

"―저, 잠시만요."

미쯔에를 불러 세운 여자가 있었다.

"네?"

미쯔에는 뒤를 돌아보았다.

"―저요?"

"예."

스물네다섯―그러니까 미쯔에와 비슷한 정도의 (조금 아래지만) 여자였다. 조금 수수한 옷을 입고 있어서 나이가 좀 더 들어 보이는 것일지도 몰랐다.

"이시이 미쯔에 씨죠?"

그녀가 낮은 목소리로 물어보았다.

"예."

내 비디오 팬은 아니겠지만.

"저는 시모까와의 딸이에요."

"예?"

미쯔에는 눈을 둥그렇게 떴다.

"노리꼬라고 합니다.―언니와 오빠가 당신을 만나러 갔

었다고 생각합니다만."

상당한 미인이었다. 확실히 시모까와와 닮은 데가 있었다.

"예……."

"작은 소리로. 오빠가 고용한 탐정이 감시하고 있어요. 당신과 아버지를."

"탐정?"

"예.―저 오빠와 언니의 계획을 겨우 알아냈어요. 용서할 수 없어요. 아버지의 재산인걸요. 아버지 마음대로 써야 해요."

"그렇게 생각해요?"

"아닌가요?―저는 대학 때 남자와 도망쳐나와 그 이후로 아버지와는 만나지 않았어요."

"아……."

"하지만 아버지를 좋아하며 존경하고 있어요. 언니와 오빠가 하는 일은 범죄예요."

"예……. 하지만 나에게―."

"알고 있어요."

노리꼬는 미쯔에의 손을 잡았다.

“힘이 되어 주세요. 아버지를 지켜드리고 싶어요.”

“그리 말해도―.”

“제가 도왔다는 것을 알면 아버지는 화내실 거예요. 그러니까 직접은 아무것도 못 해드려요. 당신에게 의지할 수밖에 없다구요.”

이렇게 양쪽에서 의지하면 정말 곤란해지는데…….

미쯔에는 울고 싶어졌다.

“늦어지면 의심받을 거예요.―다시 연락할 게요.”

노리꼬는 재빨리 말하고 먼저 화장실을 나갔다.

“―어떻게 된 거야?”

미쯔에는 어찌 해야 할지 몰라 중얼거렸다.

미쯔에가 테이블에 돌아오자 시모까와가 물었다.

“좀 늦었는데 괜찮은 거야?”

“예, 전혀…….”

“자, 디저트 들어.”

“고마워요.”

솔직히 아주 질렸지만 그렇다 해서 위스키를 부탁할 수도 없었다. 할 수 없이 케이크를 먹었다.

“―시모까와 씨.”

미쯔에는 말했다.

“자제분들은 없으신가요?”

시모까와는 조금 쓸쓸한 표정을 지었다.

“있지. 아니―있었다고 해야 할까.”

“그럼…….”

“아니, 살아 있어. 단지 엄마를 일찍 잃어서 그만 다른 사
람에게 맡겨 신경을 못 썼지.”

“그러면―시모까와 씨의 말은 잘 듣지 않나요?”

“듣지 않아도 전혀 상관 안 해. 이젠 어린아이가 아니니
까.”

시모까와는 쓴웃음을 지었다.

“다만 곤란한 것은 스스로는 아무것도 못한다는 점이지.”

“자식은 몇 명?”

“둘.”

시모까와는 이렇게 말하고 잠시 멈췄다 다시 말했다.

“아니…… 사실은 한 명이 더 있어. 막내딸이.”

“왜 둘이라고 하셨어요?”

미쯔에가 물었다.

“음…… 막내딸은 말이지, 그게 위의 둘과는 정반대로 뭐

든지 스스로 하고 싶어 하지. 자립하고 싶다고 한 게 중학생 때부터야!”

“아.”

“물론 그때는 말렸지만.”

시모까와는 웃었다.

“하지만 노리꼬는 남자도 자기 맘대로 골라 왔지. 내가 허락할 수 없다고 하자 함께 집을 나가 버렸어.”

“대담하네요.”

“아주.”

시모까와는 한숨을 내쉬었다.

“위의 두 녀석과 노리꼬의 피가 섞이면 딱 좋은 사람이 될지도 모르지. 하지만 인간은 그렇게 마음대로 안 되는 것 같아.”

“노리꼬 씨라고 하시나요? 그 막내 따님.”

“응, 기원(紀元)의 기(紀:노리) 자를 쓰지. 이제…… 스물다섯 살이야.”

미쯔에는 케이크를 억지로 다 먹고 한숨 돌리며 말했다.

“하지만 시모까와 씨는 그 노리꼬라는 따님에게 가장 애정을 가지고 계신 거 아닌가요?”

시모까와는 반짝거리는 눈으로 미쯔에를 쳐다보았다.

"왜 그렇게 생각하지?"

"아뇨—그냥 말씀하시는 어조에서 그런 느낌이 들었을 뿐이에요. 쓸데없는 말을 해서 죄송합니다."

"아니……. 네 말대로야."

시모까와는 말했다.

"만일 노리꼬가 있어 준다면……. 요즈음 자주 그렇게 생각해."

"다시 불러들이시면 될 텐데."

"그 녀석 완고해서 말이지. 불러도 돌아오지 않을 거야."

시모까와는 미소를 지으면서 거기에 쓸쓸한 듯한 기색을 내보였다.

"하지만—해보지 않으면 모르잖아요."

"글쎄."

미쯔에의 말에 시모까와는 고개를 끄덕일 뿐이었다.

"—뭔가 아이스크림이나 셔벗은 어때?"

"너무 배불러요!"

미쯔에는 비명을 질렀다.

둘은 함께 웃었다.

4

이젠 정말 싫다.

그 다음날 미쯔에는 하야시의 사무실을 찾아갔다. ─시모까와 류우이치와 누나 미끼가 시키는 대로 하고는 있지만 진절머리가 난 것이었다.

생각해 보면 하야시도 미쯔에도 그때는 류우이치가 말하는 대로 전부 믿어버렸지만, 과연 달리 도망갈 길은 없는가 하야시와 다시 한 번 상의를 해보고 싶었던 것이다.

사무실이라고 해봤자 싼 맨션 방 하나에 전화가 있을 뿐이었다. 들어가 보니 미쯔에도 잘 알고 있는 여자가 혼자서 전화를 지키고 있었다.

"어머, 미쯔에. 웬일이야?"

사십대인지 오십대인지 잘 구분 못할 나이의 여자가 느긋하게 담배를 피우면서 말했다.

"하야시 씨 없어요?"

미쯔에가 물었다.

"오늘은 로케."

"어디서요?"

"아무데나 적당한 곳에서 하겠지. 평소처럼."

그녀는 웃었다.

"당신도 알잖아?"

영화 로케 등은 일의 규모도 크고 시간도 걸리기 때문에 사전에 경찰의 허가를 받는 것이 보통이었다.

하지만 미쯔에가 나오는 그런 비디오에서 일일이 그런 수고를 들일 수는 없었다.

적은 스태프로 충분하고, 또 VTR이니까 녹화도 신속하여 경찰의 눈이 미치지 않는 곳에서 잽싸게 해치우는 일이 많았다.

"─오늘은 뭘 찍는데요?"

미쯔에가 물었다.

"여전하지. 〈세일러복 시리즈〉 꾸준히 팔리니까."

"스물여섯 살의 세일러복도?"

미쯔에는 웃었다.

"하지만 정말 힘들겠네요. 최근 경쟁도 많고 말이에요. 이런 작은 프로덕션은."

"그야 언제나 그렇지. 그렇지만 묘하게도 하야시 씨는 꽤 경기가 좋은 것 같아."

"하야시 씨가?"

미쯔에는 놀라서 되물었다.

"그래. 괜히 비쌀 것 같은 재킷을 입기도 하고, 차도 새로 바꿨데."

"차를?"

"이봐 놀랍지 않아? 거기에다가 이번 비디오의 주역을 맡은 애도 호텔에 데리고 갔던 것 같아……. 아, 미안. 너 하야시 씨하고―."

"그깟 것 괜찮아요. 그런 사이 아니겠어요? 서로 마찬가지예요."

미쯔에는 고개를 내저었다.

"그렇다면 잘됐고."

"하지만 이상해. 어떻게 해서 그렇게 돈이 들어온 걸까?"

"글쎄, 모르겠네. ―어쨌든 요전에는 나한테까지 저녁밥을 사줬다고. 대지진이라도 오는 게 아닐까 걱정되더라고."

그녀는 진지한 얼굴로 말했다.

"그래요……."

왠지 이상한 기분이 들었다.

"―그럼, 또 올게요."

막 나가려고 할 때 사무실 전화가 울렸다.

“일거리가 왔군!—예, 오피스 P—. 어머 하야시 씨.”

재빨리 미쯔에는 입에 손을 대고 말하지 말아요 하며 고개를 저었다. 그리고 메모 용지에 재빠르게 (지금 어디 있는지 물어봐요)라고 썼다.

“—아니, 그쪽에서는 연락 없어. —그리고 지금 어디야? —아니, 뭔지 중요한 이야기가 있다고 해서 여자로부터……. 모르는 사람이야. 굉장한 미인. —그래. 흠 잡을 데가 없어. 모델 지원일 거야, 절대.”

말도 안 되는 이야기를 아주 진지하게 해서 미쯔에 쪽이 오히려 웃음이 터져 나올 것 같이 되어 버렸다.

“만약에 다시 오면—? 응, 연락할게. —어디?—아아, 시부야라고. 알았어—응, 그럼 또.”

“시부야?”

“‘호텔S’래. 로케에서 자주 사용되는 곳 아냐?”

“아, 기억나요. 좀 낡았지만 차분한 곳이죠. —거기에 일로가 있데요?”

“본인은 그렇게 말하지만 좀 수상한데. 사전조사라니. 몇 번이나 사용한 곳이니 조사할 필요도 없잖아?”

“여자와 둘이서…….”

미쯔에는 고개를 끄덕였다.

"지금 주역인 애라면 열아홉에 팔팔한 애야. 머릿속은 좀 비었어도."

"그래요? 그럼 옛날의 나하고 똑같네."

미쯔에는 아주 자연스럽게 그렇게 말했다…….

"야아, 이시이 미쯔에 씨."

'호텔S' 프론트는 미쯔에의 얼굴을 기억하고 있었다.

"안녕하세요."

"오랜만이네요. 요즘 비디오도 신작이 안 나와 허전해요."

미쯔에가 나오는 그런 비디오를 이렇게 순수하게 좋아해 주는, 그것도 말로 표현해 주는 사람은 적었다. 미쯔에는 왠지 괜스레 기뻐졌다.

"오늘 하야시 씨 와 있나요?"

미쯔에가 묻자 프론트의 남자는 당혹스러운 듯이 말했다.

"죄송합니다……. 손님에 관한 사항은."

그건 그랬다. 하나하나 물어볼 때마다 투숙객에 대해 가르쳐 주어서는 이런 호텔프론트로서 일을 할 수 없었다.

“그렇죠. 미안해요.”

미쯔에는 순순히 말했다.

“사실은요…… 이건 비밀인데.”

“뭔데요?”

“하야시 씨하고 나 결혼했어요.”

“뭐라고요?”

“하지만 하야시 씨는 그런 일을 하잖아요? 표면적으로는 독신이라고 되어 있으니까 그걸 핑계 삼아 젊은 여자들하고 마음껏 놀고. 나, 자살미수로 입원까지 했었어요.”

“그랬어요? 그래서 비디오에 나오지 않는군요.”

프론트의 남자는 고개를 끄덕였다.

“오늘도 여자와 여기에 있다는 이야기를 들어서 와 본 거예요. 그래도 생각해 보면 당신의 입장에서 그런 걸 말해 주기는 곤란하겠지요. 미안해요, 그만 잊어버리세요.”

흑흑 하며 훌쩍거리기도 하고 그럴듯한 연기였다.

미쯔에는 지금까지 자기가 이렇게 연기파인 줄은 몰랐다.

“그렇습니까? ― 저, 도움이 못 돼 드려서 죄송합니다.”

프론트의 남자가 말했다.

안 되는 건가!

"음, 520호 손님은 왜 그러는 거야?"

—미쯔에가 프론트를 떠나려 하자 갑자기 프론트의 남자가 말을 꺼냈다.

"이건 나 혼자 하는 말인데. 520호실 손님은 좀 신경이 쓰이는데……."

가르쳐 주고 있는 거다.

"고마워요!"

미쯔에는 한마디 사례를 건네고 엘리베이터로 서둘러 갔다.

520. 520호 알았어.

5층에 내려서 520호실을 찾았다.

전에 와 봐 잘 알고 있어 금방 찾을 수 있었다. 나중에 새로 이어 붙여 만들어져 아주 알기 어렵게 되어 있었다.

하지만 알기 어렵고 모퉁이가 많아서 도움이 되었다.

520호실 문 앞에서 어떻게 된 걸까 하고 망설이고 있는데 안에서 소리가 났다. 그것도 문 바로 옆에서—나온다!

미쯔에는 황급히 문에서 떨어져 가까운 모퉁이 너머로 뛰어 들어갔다.

문이 열렸다. —아이고 맙소사.

하지만, 아니 이쪽에서 몰래 숨어 있을 필요는 없지.

미쯔에는 이렇게 생각하고 나가려 했다.

그때 두 사람의 말소리가 들려 왔다.

미쯔에는 한 가지 착각을 하고 있었다. 하야시의 상대는 '여자 아이'가 아니었던 것이다.

"용돈이야. 받아 두라고."

"이거 매번 미안한데."

하야시의 간사한 얼굴이 눈앞에 떠올랐다.

"답례는 답례. 이것은 이것이고. 아버지의 재산이 손에 들어오면 스포츠카 한 대 정도는 사 주지."

"굉장한데! 정말?"

"물론, 이렇게 나를 기쁘게 해 주는 게 조건이야."

"당연하지! 당신 몸은 최고야."

"아부 같은 건 필요 없어."

이렇게 말하고 웃는 것은─시모까와 미끼였다.

"자, 갈까?"

"─그 여자는 눈치 못 챘어?"

"미쯔에? 걱정 없어. 그 애 단세포라서. 내 몸을 걱정해 주고 있지."

두 사람의 이야기 소리는 엘리베이터 쪽으로 멀어져 갔고 그리고서 들리지 않게 되었다. 하지만 그 이상 들을 필요는 없었다.

하야시는 류우이치랑 미끼와 짰던 것이다.

―이 얼마나 바보 같았단 말인가.

미쯔에는 온몸의 힘이 빠져 잠시 그냥 멍하니 호텔 복도에 우두커니 서 있을 뿐이었다…….

미쯔에는 다소 위태로운 발걸음으로 맨션의 엘리베이터에서 내렸다.

11시가 조금 지나고 있었다.―열여덟 살의 세일러복으로서는 조금 늦은 귀가였다.

"세일러복은 무슨, 빌어먹을!"

그녀는 취해 있었다.

열쇠는 시모까와에게 받아 가지고 있었다. 문을 열고 미쯔에는 안으로 들어갔다.

정말 형무소나 뭐 같았다.

물론 미쯔에가 진짜 형무소을 알고 있는 것은 아니었지만, 어쩌면 곧 알게 될지도 몰랐다.

어쨌든 뭐가 어떻게 되든 사실을 시모까와에게 털어놓지 않으면 안 된다.

때를 놓치기 전에. ―그래, 하야시나 그런 녀석들에게 이 분의 재산을 뺏기게 해서는 안 되지!

어느 방에서인가 뭔가 물건이 부서지는 듯한 쨍그랑 하는 소리가 났다.

시모까와가 돌아와 있는 걸까?

"―시모까와 씨"

미쯔에는 발을 멈추고 시모까와를 불렀다.

"괜찮아요? ―시모까와 씨?"

대답이 없었다.

미쯔에는 문을 열고 안으로 들어갔다. ―카펫 위에 시모까와가 쓰러져 있었다. 목에는 밧줄이 감겨 있었다. 그 옆에 도자기로 된 재떨이가 떨어져 깨져 있었다.

"시모까와 씨!"

미쯔에는 달려갔다.

"정신 차리세요!"

시모까와는 미쯔에가 흔들어 깨우자 눈을 떴다.

"너니……."

-괴로워했지만 또렷한 목소리였다.

"어떻게 된 거예요-?"

"위험해! 뒤-!"

시모까와가 목소리를 쥐어짜내며 말했다.

미쯔에는 뒤를 돌아보았다. 얼굴이 새빨개진 류우이치가 무시무시한 모습으로 미쯔에를 덮치려고 했다.

그런데-미쯔에에게는 비디오의 경력 란에도 쓰지 않은 특기가 있었다. 아니, 대체로 연령도 그렇고 그런 경력이란 믿을 수 없는 것이긴 했다.

미쯔에는 상경하기 전에 고향에서 합기도를 배운 적이 있었다. 몸이 유연하고 단단한 것은 그 탓도 있을지 몰랐다.

순간 미쯔에의 몸이 그 기억을 일깨운 것 같았다.

"에잇!"

몸을 낮춘 미쯔에는 팔꿈치로 류우이치의 명치 부근을 가격했다.

퍽 하고 팔에 반응이 있었다. 윽 하고 눈을 동그랗게 뜬 류우이치가 몸을 구부리며 신음을 했다.

미쯔에는 무릎으로 류우이치의 턱을 걷어차 올렸다.

콱-하고 손에, 아니 발에 느낌이 있고 나서 류우이치는

위를 향해 쓰러져 쭉 뻗어버렸다.

"—놀랐다!"

시모까와가 목의 밧줄을 푸는 것도 잊은 채 깜짝 놀라 서 있었다.

"시모까와 씨! 이 사람이 목을?"

"음…… 예측도 못한 일이라서 좀 방심했어."

"괜찮으세요?"

"아아…… 그럭저럭."

시모까와는 밧줄을 풀고 목의 빨간 자국을 문지르면서 일어났다.

"네가 말을 걸지 않았더라면 어떻게 되었을까……. 넌 내 생명의 은인이야."

"천만에요."

미쯔에는 말했다.

"그 일로 드릴 말씀이—."

"이야기라면 나도 있다."

시모까와가 말했다.

"예?"

"좀 기다려 줘. 여기서 결말을 지어 버리자고."

시모까와는 기절해 있는 류우이치를 내려다보며 말했다.

벨이 울려 미쯔에가 문을 열자 노리꼬가 서 있었다.

"미쯔에 씨."

노리꼬가 미쯔에의 손을 잡았다.

"아버지를 구해 주셨군요. 고마워요!"

"아니요, 그저……."

그다지 자랑할 만한 이야기도 아니었다.

"들어오세요."

―거실에는 시모까와와 류우이치, 그리고 벌레 씹은 듯한 표정의 미끼가 앉아 있었다.

"노리꼬."

시모까와가 다가가서 노리꼬의 손을 잡았다.

"아버지!"

"그동안 잘 지냈니?"

"예.―하지만 용케도 제가 있는 곳을―."

"언제나 네가 있는 곳은 알고 있었다. 잊지 않고 조사를 시켜 두었으니까."

시모까와는 미소를 지었다.

“너도 앉거라.”

“네.”

노리꼬는 턱에 젖은 타월을 대고 있는 류우이치를 노려보
며 말했다.

“오빠! 무슨 짓을 한 거예요!”

“내버려 두라고.”

류우이치는 심보가 뒤틀려 다른 곳을 쳐다보았다.

“─살인미수다.”

시모까와는 말했다.

“이 목의 상처, 밧줄, 증거는 다 갖춰져 있다.”

“경찰서에 넘기지 그러세요.”

미끼가 대들듯이 말했다.

“어차피 우리들은 방해만 되는 불필요한 놈들이니.”

“그 반대겠지.”

시모까와는 말했다.

“내가 방해가 되니까 나를 죽이려고 한 거겠지.”

“어째서 그런 짓을─.”

노리꼬가 말했다.

“언니 오빠는 미쯔에 씨를 협박해서 아버지를 금치산자로

만들 작정이었겠죠?"

"제멋대로 상상하지 말라고."

류우이치가 대꾸했다.

"상상이 아니라고요. 진짜예요."

미쯔에가 말했다.

"알고 있었어."

시모까와는 말했다.

"그때 너희들이 한 얘기는 전부 녹음되었다. 이 방에 몰래 마이크를 설치해 두었었다."

이 말에는 미쯔에도 놀랐다.

"그럼—제 나이가 엉터리였다는 것도—."

"내가 여자 나이를 잘 아는 편은 아니지만, 너를 열여덟이라고 믿은 것은 아니야."

시모까와는 웃음을 지어 보였다.

"다만 류우이치와 미끼가 기도하고 있는 일을 짐작하고 있었기 때문에 거기에 적당한 미끼를 던져주었던 거지.—너희들은 멋지게 걸려들어 왔다."

류우이치와 미끼는 서로의 얼굴을 마주보았다.

"그럼 아버지는 모든 것을 다 아시고—."

노리꼬가 물었다.

"그래. 이 일을 알게 되면 너도 돌아와 주리라고 생각했다."

"세상에!"

노리꼬는 숨을 한 번 내쉬고 말했다.

"사람을 걱정시켜 놓고."

"미안하구나. 하지만 류우이치나 미끼도 다시 일어서 주길 바랐다. 정말이다. 그래서 사태를 가만히 보고 있었던 거다."

시모까와는 류우이치를 바라보았다.

"하지만 네가 그런 일까지 하리라고는……."

"어쩔 수 없었어요. ……미안해요. 제가 제정신이 아니었어요."

"그래?"

"그럼요. 갑자기 자금 융통이 잘 안 되서. 빚쟁이에게 쫓겨 저는 노이로제에ㅡ."

"빚은 왜 졌지?"

"회사가ㅡ친구의 회사가 망했어요. 나도 보증인이었기 때문에ㅡ."

“거짓말 그만해.”

시모까와가 말을 잘랐다.

“야쿠자의 여자에게 손을 대 돈으로 해결하지 않으면 살해당할지도 모르는 거겠지.”

류우이치는 깜짝 놀란 듯이 입을 꽉 다물고 말았다. 시모까와는 아주 불쾌한 듯이 말을 이었다.

“난 잘 알고 있다. 미끼, 네가 하야시라는 남자를 끌어들여 미쯔에 씨를 협박한 것도.”

“그건, 상대방이 먼저 제안해 왔다고요.”

“너희들은 언제나 다른 사람 탓으로 넘기려고 하는 것이냐?”

시모까와는 한숨을 내쉬었다.

“어쨌든, 내 재산을 상속받는 건 포기해라. 너희들에게 건네주면 한 달도 안 되서 다 사라질 테니까.”

“하지만 아버지…….”

류우이치가 한심스런 얼굴로 말했다.

“그럼 저는 살해당하고 말 거예요.”

“알아서 해, 라고 말하고 싶지만 그렇게도 할 수 없구나. ─너는 내 회사에서 처음부터 다시 시작해라.”

"알았어요. 그렇게 할게요."

"약속할 수 있어?"

"예."

류우이치는 고개를 끄덕였다.

그렇게 밖에 할 수 없는 것이겠지만.

"좋아. 그쪽 문제는 내가 어떻게든 해 보지. ―자, 그 대신 네가 한 가지 써 줄 게 있다."

"한 가지? 뭐요?"

"나를 죽이려고 했던 것을 인정한다는 것. 그것은 은행의 금고에 맡겨 두겠다. 내가 이상하게 죽게 될 시에는 그것이 개봉될 거다."

류우이치도 미끼도 심사가 뒤집혀 있었지만 얌전하게 있을 수밖에 없다는 것만은 잘 알고 있는 듯했다.

"노리꼬. ―남자친구가 하는 일은 잘돼가고 있다면서."

"어렵사리지만요."

"여기 와서 살아도 돼. 남자친구에게 부탁하고 싶은 일도 있고. 게다가 슬슬 손자의 얼굴도 보고 싶으니까."

"아버지―."

노리꼬는 아버지를 껴안았다.

"죄송해요. 지금까지 멋대로만 해서."

"아니, 그걸로 됐다. 서로 마찬가지잖아."

노리꼬는 웃었다. —하지만 그것은 울면서 웃는 것이 돼 버렸다.

"자, 그리고—."

시모까와가 말했다.

"미쯔에 씨에게도 보답을 하지 않으면."

"어머—."

노리꼬는 거실 안을 둘러봤다.

"미쯔에 씨가 없어요. —어디에 간 걸까?"

"찾아 봐. 아무 말 없이 나갈 거라고는 생각되지 않지만."

"예."

노리꼬가 침실을 들여다보고는 돌아왔다.

"—아까 입고 있던 옷이 놓여져 있어요. 그 세일러복을 입고 나간 것 같아요."

"이게 무슨 일이야……."

시모까와는 고개를 저었다.

"꼭 만나서 답례를 하지 않으면 안 된다."

"예, 물론이죠."

노리꼬는 고개를 끄덕였다.

"제가 꼭 만나고 올게요."

"―음, OK."

하야시가 손을 들었다.

"좋아, 포지션을 바꿔 보자고."

"아이 추워."

미쯔에는 육교 위에서 뛰어 내려와 스태프가 들고 있던 오버를 세일러복 위에 걸쳤다.

"얼어 죽을 것 같아!―저, 누군가 커피라도 한 잔 사 와요."

날씨는 좋았지만 가을이라 바람이 차가웠다.

"아직도 야외에서 찍을 게 남았어요?"

미쯔에가 하야시에게 물었다.

"앞으로 한 컷. 어이, 조금만 참아 줘."

하야시가 손을 모아 보였다.

"나 참―잘도 당신의 예술적 의도 어쩌구에 끌어들인다니까. 가만 안 둘 테야!"

투덜거리면서도 미쯔에는 카메라가 위치를 바꾸는 것을

기다렸다.

"―자, 커피."

스태프 한 명이 자판기에서 뜨거운 커피를 뽑아 왔다.

"고마워요!"

미쯔에는 종이컵을 꽁꽁 언 양손으로 감싸 들었다.

"―음, 기분 좋아!"

한 입 두 입 살짝 마셨을 때였다.

"미쯔에 씨."

누군가 자신을 부르는 소리가 났다.

뒤돌아보니 모피코트로 몸을 두른 노리꼬가 서 있었다.

"노리꼬 씨…… 그때는 정말 고마웠어요."

미쯔에는 머리를 숙였다.

"사무실 쪽에 물어서……. 대충 이 근처일 거라고 해서
―꽤 찾았어요."

"죄송해요. 보시는 대로 작은 가족이라서. 금방 움직이거
든요."

"―아버지가 궁금해 하세요."

노리꼬가 말했다.

"잘 계시지요? 아버지는."

“예. 의욕에 차 있으세요. 제 남편하고 새 사업을 시작하
셔서.”

“그게 제일 좋은 활력소겠지요. 세일러복 입은 여자 같은
것보다도.”

노리꼬는 핸드백에서 봉투를 꺼냈다.

“이거―아버지의 마음이에요. 부디 받아 주세요.”

“뭐지요?”

“수표―천만 엔짜리 수표예요.”

“세상에!”

미쯔에는 눈을 동그랗게 떴다.

“하지만 저는 받을 수 없어요.”

“어째서요?”

“노리꼬 씨, 전…….”

미쯔에는 잠시 생각하다가 말했다.

“댁의 아버님을 속이고 있는 건 아닐까 쭉 고민했어요. 물
론 그런 훌륭한 분이 보시기에는 보잘 것 없는 고민일지도
모르지만, 하지만 저에게 있어선 심각했어요.”

“알고 있어요.”

“그런데 아버님께서는 모든 걸 알고 계셨어요.―나를 미

끼로 하셨을 뿐."

"미쯔에 씨……"

"화내고 있는 것은 아니에요. 하지만—역시 화내고 있는 건가? 어떤 인간이라도—스물여섯이나 되어 세일러복을 입고, 예술과는 무관한 알몸을 보이는 그런 여자라도 고민하는 일이 있다는 것—그것을 그분은 아마 생각지도 않으셨을 거예요."

노리꼬는 눈을 밑으로 내렸다.

"—하지만 전 댁에서 실컷 맛있는 걸 먹고 좋은 생활을 했으니까, 특별히 그 이상 아무것도 안 받아도 돼요."

"아버지가 당신을 이용한 건 틀림없어요. 그 점 사과드려요."

"아니오, 그럴 것!"

미쯔에는 머리를 내저었다.

"단지—보통 아버지라면 자식이 야쿠자의 여자에게 손을 댄 것을 알면 일이 생기기 전에 충고를 할 테고, 자식이 자신을 죽이려 하면 화내기 전에 슬프다고 생각할 겁니다. 역시 댁의 집안은 나 같은 사람의 집안과는 전혀 달라요."

노리꼬는 아무 말이 없었다. 그리고는 수표가 든 봉투를 한 번 더 내밀며 말했다.

"절대로―?"

"그런 큰돈을 받으면 저에게 있어서 바람직한 일이 안 되리라 생각해요."

미쯔에는 말했다.

그리고 미쯔에는 종이컵의 커피를 한 번에 들이키고는 휴 하고 숨을 내쉬었다.

"이렇게 몰아치는 바람 속에서 일을 하다가 마시는 종이컵의 뜨거운 커피. 이 맛은 아마 시모까와 씨도 모르실 거예요."

그때였다.

"이봐, 미쯔에! 부탁해!"

하야시의 목소리가 날아들었다.

"알았어요!―아직도 하야시 씨하고는 질긴 인연이라서요."

미쯔에는 웃어 보였다.

"자, 그럼 실례할게요. 아버님에게 안부 잘 전해 주세요."

"알겠어요."

노리꼬는 고개를 끄덕였다.

"저는 아직도 질리지 않고 세일러복을 입고 있다고 전해 주세요. 입고 할 수 있을 동안은 최선을 다할 거예요. 최선을 다해 귀엽게 보이며—자, 그럼 실례해요."

미쯔에는 오버를 벗어 가까이에 있는 자동차 위에 살짝 올려놓았다. 그리고 몸을 떨면서 세일러복 모습으로 육교에 뛰어 올라갔다.

노리꼬는 물끄러미 미쯔에의 뒷모습을 바라보았다.

노리꼬의 마음속에도 아버지를 돕고 싶다고 하는 것뿐만 아니라, 그것을 기회로 아버지가 있는 곳에서 남편에게 큰일을 시키고 싶고, 그리고 자신도 또한 시모까와 집안의 딸로 되돌아와 옛날과 같은 사치스러운 생활을 하고 싶다는 마음이 있었던 것이다.

그것은 계산대로, 아니 계산 이상으로 훌륭히 이루어졌다.

아버지는 노리꼬의 남편을 마음에 들어 하여, 어쩌면 후계자로 하게 될지도 몰랐다.

노리꼬는 남편이 그렇게 되어 주었으면 했다.—아버지의 몸도 물론 걱정이었지만, 사람이란 결코 한 가지만의 이유로 행동하는 것이 아니었다.

그런데 미쯔에는—스물여섯이나 되어서 세일러복을 입고 연기라고도 할 수 없는 연기를 하고 있는 미쯔에가 노리꼬의 마음을 간파했는지도 몰랐다.

노리꼬는 미쯔에 앞에서 부끄러웠다.

"—컷! 좀 더 힘 있게 해! 열여덟이라고. 그건 40대 아줌마라고!!"

"미안해요."

미쯔에가 하야시에게 말을 하고 있었다.

노리꼬는 자신은 손이 닿지 않는 무엇인가를 미쯔에가 가지고 있다고 생각했다.

수표를 가방 속에 집어넣고 노리꼬는 그 자리를 떠났다.

자동차 위에 걸쳐 놓은 미쯔에의 낡은 오버가 어느새 밍크코트로 변해 있었다……

4화

목격자

1

정신없이 책을 읽던 미찌꼬는 전화가 울리는 소리에 가공의 왕국에서 단숨에 현실 속의 자신의 집으로 되돌아왔다.

그렇지만 사까구찌네 집 전화는 1층 복도에 있고 미찌꼬의 방은 2층이기 때문에 전화가 걸려 와도 그렇게 큰 소리로 들리지는 않았다.

다만 미찌꼬는 알고 있었다. 그 전화벨 소리는 틀림없이…….

엄마가 전화를 받는 것을 미찌꼬는 가만히 귀를 기울이며 듣고 있었다.

“네, 여보세요. 사까구찌입니다. ─아, 잘 있었니?─그래, 있어.”

역시 미찌꼬는 책을 덮었다.

“미찌꼬. ─키따노한테서 전화야.”

계단 아래에서 엄마가 불렀다.

“네─에.”

알고 있었다. ─그래, 키따노 유우끼한테서 걸려올 때 전화는 특별한 벨소리를 냈다.

계단을 깡충깡충 내려가자 엄마가 웃으면서 말했다.

“학원에서도 만났잖아! 할 얘기가 참 많구나.”

“왜 그래?”

미찌꼬는 이렇게 대꾸하고 다시 말했다.

“엄마, 저쪽으로 가 있어.”

“네, 네.”

외동딸인 미찌꼬에게는 엄마도 물렀다. 그 점에서는 유우끼네 쪽도 마찬가지였다.

“여보세요, 유우끼?”

미찌꼬가 말했다.

“미찌꼬, 언제 돌아갔어?”

유우끼가 물어왔다.

목소리의 울림을 통해 집에서 거는 것이 아니라는 걸 알 수 있었다. 물론 엄마는 그런 것까지는 눈치 채지 못했겠지만.

"10분쯤 전에."

미찌꼬는 낮은 목소리로 말했다.

"그럼, 나는 앞으로 15분쯤 뒤에 집에 가면 되겠네."

유우끼는 안심한 듯 말했다.

"얘, 유우끼. 어디에 있어?"

"응? ―비밀."

유우끼가 킥킥 웃었다.

"다음에 가르쳐 줄게."

"너네 집은 괜찮아?"

미찌꼬는 걱정이 되어서 물었다.

"괜찮아. 우리 엄마 일일이 학원에 문의하는 그런 귀찮은 일 안 하니까. ―오늘 학원에선 무슨 일 없었어?"

"별로. 평소와 같아. ―아, 선생님이 머리를 짧게 잘랐더라."

"뭐? 어울리지 않을 텐데."

유우끼는 어른이나 된 것처럼 말했다.

"이런 일 언제나……. 괜찮아?"

미찌꼬는 말했다.

"미찌꼬, 네가 말하지 않으면 끄떡없어."

"난 말하지 않아……."

미찌꼬는 조금 못마땅한 듯 얘기했다.

고자질 따위 하지 않는다는 것 정도는 알고 있으면서!

초등학교 1학년 때부터의 긴 인연이었다. 지금은 둘 다 중학교 2학년.

그리고 같은 학원에 다니고 있었는데…….

"그럼 내일 봐."

유우끼가 불쑥 말했다.

항상 전화는 유우끼가 먼저 끊었다. 누가 먼저 걸었든.

"아―그래. 안녕."

마지막의 '안녕'은 유우끼에게는 전혀 들리지 않았을 것이다. 재빨리 끊어 버렸기 때문이다.

전화를 마치고 미찌꼬는 그대로 2층으로 올라가려고 했다. 엄마가 별로 할 일이 없기 때문에 대개―.

"미찌꼬, 키따노가 무슨 일로 전화한 거야?"

아니나 다를까. 역시 그렇다.

“별거 아니에요. 다음 주에 해 가야 할 것을 확인한 것뿐이에요.”

미찌꼬는 대답했다.

“그래.”

—미찌꼬는 2층 자기 방으로 돌아갔다.

아, 피곤하다…….

미찌꼬는 거짓말을 하면 아주 피곤해졌다. 물론 그렇다고 해서 거짓말을 한 적이 없다는 것은 아니었다.

그런 인간, 아마 이 세상에는 없을 것이다.

그래도 원래 미찌꼬는 거짓말이 서툰 아이였다. 그다지 생각이 논리적이지 못한 탓도 있을지 몰랐다.

조금만 추궁해서 물으면 금방 탄로가 나 버렸다.

그러니 그다지 거짓말을 안 하는 것이 현명하다. —이것이 미찌꼬의 14년간의 인생에서 얻은 교훈이었다.

그런 부분이 키따노 유우끼와는 전혀 달랐다.

오늘도 유우끼는 미찌꼬와 함께 학원에 간 걸로 되어 있지만 사실은 어딘가 다른 곳에 갔었다.

뭘 하고 있는 건지. 놀고 있는 건가? 미찌꼬도 몰랐다.

단지 유우끼는 미찌꼬를 항상 '증인'으로 세우는 것이었다.

"우린 같이 있었던 거야. 오늘은—알았지?"

유우끼가 학교에서 슬쩍 말한다. 점심시간이나 하교 길에서.

그러면 미찌꼬는 "응."하고 고개를 끄덕일 수밖에 없다.

싫다고 말하면 어떻게 될까?

하지만 결코 그런 일은 없다. 왜냐하면 미찌꼬와 유우끼는 초등학교 때부터의 오랜 친구 사이니까.

중학생이라고 해도 친구를 배신해서는 안 된다는 생각은 있다. 비록 그것으로 혼나는 일이 있다 해도…….

그러나 너무 횟수가 잦으면 아무리 유우끼의 엄마라도 눈치 채 버릴 것이다. 그렇게 되면 거짓말을 한 일로 미찌꼬도 꾸중을 듣는다.

우정의 표시로서 그 정도는 참을 수 있었다. 오히려 걱정인 것은, 유우끼가 매일 어디에 가는 것일까 하는 것이었다.

유우끼도 물론 미찌꼬를 좋아하고 항상 신세를 지고 있다고 생각은 했다. 그래서 대개의 비밀이라면 유우끼는 미찌꼬에게 가르쳐 주었는데, 이번에 한해서는 이상할 정도로 입이 무거웠다.

괜찮을까…….

미찌꼬는 그렇게 중얼거리며 다시 책을 들여다보았다.

그러나 아무래도 책이 눈에 들어오지 않았다. ―마음속에 걱정거리가 그림자를 드리우고 있기 때문이었다.

낙천적인 반면, 미찌꼬는 예민한 면도 있었다.

미찌꼬는 약간 통통하고, 글쎄 뭐랄까 그다지 눈에 띄지 않는 학생이었다. 성적은 그저 '중간'에서 왔다 갔다 하는 정도였다(아래로 내려가는 쪽이 더 많았다).

그에 비해 키따노 유우끼는 몸집이 작고 말랐지만, 그 눈동자는 빛이 났다. 어딘지 모르게 눈에 띄는 아이로 인기가 있었다.

성적도 좋았다. ―어째서 학원에 다니는 걸까 하고 미찌꼬는 고개를 갸웃거렸지만, 당사자는 '외출하는 것'을 즐기는 듯했다.

게다가 머리 회전이 빠른 유우끼는 거짓말을 해도 거의 좀처럼 들통 나는 일이 없었다.

그래서 유우끼의 '거짓말'에는 어른을 감쪽같이 속였다고 하는 스릴을 맛보는 듯한 부분이 있었다.

그러나 물론 그것이 커다란 문제를 일으킨 것은 아니었
다.

적어도 지금까지는…….

"선생님이 새로 온대."

―이런 이야기는 학생들 사이에 순식간에 퍼지는 법이었
다.

"오늘부터 국어 시간에는 새로운 선생님이 오신다."

도대체 어디에서 누가 듣고 오는 건지는 아무도 모르지
만, 아침 조회 시간에 담임선생님이 말할 때에는 이미 반 아
이들 중 누구 하나 놀라지 않는 것이었다.

물론 예상하고 있던 일이기는 했다. ―요컨대 지금 가르치
고 있는 국어 선생님이 출산을 앞두고 있었기 때문에, 당연
히 출산 전후의 휴가기간 동안 다른 선생님이 가르치게 되는
것이었다.

"에…….."

담임인 미즈우에 선생님은 이미 나이가 좀 들었다. 무언
가 메모를 읽을 때는 눈썹을 찡그리고, 연락 사항도 때때로
잊어버리고는 했다.

그래서 작은 일에 신경을 쓰는 아이는 옆 반 아이에게 매일 "무슨 연락 사항 있었니?"하고 묻는 것이 일과가 되었다.

"새로 온 선생님의 이름은―타께타니 선생님이라고 한다. 남자 선생님이야. 아직 스물다섯 살. 젊은데!"

미즈우에 선생님이 너무나 실감나게 말했기 때문에 모두들 와 하고 웅성거렸다.

"―선생님."

한 명이 말했다.

"뭔가?"

"그 선생님 '타께타니'가 아니라 '타께야'라고 하던데요."

"그래? 잘도 알고 있구나."

"아까 교무실에서 말하던데요."

"그래? 너 교무실에 도청기라도 설치해 놓은 거냐?"

미즈우에 선생님은 아주 진지한 사람이지만 가끔 이상한 말을 해서 학생들을 웃게 만들었다.

아니, 본인에게 웃길 생각이 있는지 어떤지는 차치하고 때때로 반 전체를 웃음바다로 만드는 그런 말을 했다.

"잘생겼을까?"

여자 아이가 말했다.

"그럴 리 없겠지."

"그렇지도 않아."

미즈우에 선생님이 안경을 고쳐 쓰며 말했다.

"이래 보여도 나도 옛날에는 미남이었는데……."

웅성웅성 떠들어대는 사이에 또 연락 사항을 잊어버리고 말 듯한 분위기였다…….

"─오늘 오후에 있네, 국어."

미찌꼬는 말했다.

"얘, 유우끼?"

"─응?"

옆자리의 유우끼가 깜짝 놀란 듯 말했다.

"미안해. 뭐라고 그랬어?"

"유우끼……. 무슨 일 있니?"

미찌꼬는 약간 걱정이 되었다.

그래.─오늘 아침은 이상하게 유우끼가 넋이 빠진 듯했다.

"열 있는 거 아니니?"

미찌꼬가 물었다.

유우끼는 말없이 고개를 저었다.

무슨 일이 있었던 걸까?—미찌꼬는 불안해졌다.

이런 식으로 유우끼가 멍하게 있는 것은 좀처럼 없는 일이었다.

"—아 그래."

미즈우에 선생님이 말을 꺼냈다.

"잊어버릴 뻔했다."

"또!"

누군가가 말해서 반 전체가 와 하고 웃었다.

그러나 유우끼는 미소조차 짓지 않았다.

미즈우에 선생님은 화도 내지 않고 말했다.

"자 이것은 모두들 아주 주의했으면 하는데. 오늘 아침—학교 뒤쪽 빈집에서 여자 아이가 살해당한 것이 발견되었다."

"네에?"

"어머나—."

여기저기서 놀라는 소리가 나왔다.

"여자 아이는 초등학교 3학년. 정신이상자의 소행인 것 같은데 아직 체포되지 않았다. 모두들 어두워진 후에는 혼자서 나다니는 일이 없도록."

미즈우에 선생님은 말했다.

"그럼 오늘 아침은 이만."

"선생님! 어디 있는 빈집이요?"

"어떤 식으로 죽였어요?"

질문이 날아들었다.

"아직 자세한 것은 선생님도 몰라. ―어쨌든 조심해."

미즈우에 선생님은 이야기를 마쳤다.

조회가 끝나자 순식간에 반 전체가 그 살인 이야기로 크게 소란스러워졌다.

물론 호기심이 우선하고 있었다. 중학생에게 있어서 '죽음'이라는 것은 너무나도 먼 존재인 것이었다.

"―무서워라."

1교시 수업 교과서를 꺼내면서 미찌꼬는 말했다.

"응."

유우끼는 아까보다 더 얼굴이 새파래져 있는 듯이 보였다.

"―괜찮니? 기분이 안 좋아?"

"아무렇지 않아. 괜찮아."

유우끼는 그렇게 말한 채 창 쪽으로 눈을 돌렸다. 창 너머로 교정이 보였다.

1교시가 체육인 반의 아이들이 줄줄이 운동장으로 나갔다.

여자 아이라도 중학생이 되면 완전히 어른 같은 체형으로 성숙해지는 아이도 있어서, 남자인 체육 선생님은 그러한 아이들을 가르치는 것이 쉽지 않은 것 같았다.

하지만 그런—초등학생을, 그것도 3학년 정도의 아이를 죽이다니!

도저히 상식으로는 이해할 수가 없었다.

미찌꼬는 때때로 생각하는 일이 있었다.

특히 이 주변은 비교적 최근에 개발된 주택지여서, 아직 빈집이라든지 잡목림이 남아 있어 꽤 한적한 장소도 많았다.

전에는 두세 번 묻지마 사건이 있었다.

미찌꼬의 집은 상당히 오래전에 여기로 이사 왔기 때문에 잘 알고 있었다.

자전거로 밤길을 가는—때로는 백주 대낮에도 있었지만—여자를 휙 하고 앞질러가며 면도칼 같은 것으로 베고 도망간다.

다행히 죽은 사람은 나오지 않았지만 중상을 입은 사람은 있었다. 그 여자는 미찌꼬의 엄마도 잘 아는 사람이었다.

미찌꼬는 오싹했다.

그러나 더 무서운 것은 그 범인이 결국 잡히지 않았다는 것이다.

즉 자전거를 사용하는 것으로 보아 이 근처 사람임에 틀림없는데도 범인은 아직까지 지극히 당연한 인간으로서 살아가고 있는 것이었다.

그것을 생각하면—자주 가는 과자 가게 아저씨나, 이발소 아저씨, 책방 아저씨 등이 혹시 범인일지도 모른다고 생각하면, 미찌꼬는 그야말로 등골이 오싹해져 오는 것이었다.

그리고 이번의 살인…….

그래. 어쩌면 같은 범인일지도 모른다.

"—얘, 유우끼."

미찌꼬는 말했다.

"예전 사건과 같은 범인일지도 몰라. 어떻게 생각해?"

"글쎄."

유우끼는 그다지 관심이 없는 눈치였다.

원래 모두와 함께 웅성거리며 떠들어대는 타입이 아닌 유우끼이지만, 그래도 오늘 아침은 좀 이상했다.

“유우끼, 정말 괜찮니?

미찌꼬는 물었다.

“응.”

유우끼는 미찌꼬 쪽으로 눈을 돌렸다.

“미찌꼬, 점심때 시간 있어?”

“점심시간에? —있어.”

“그럼 할 얘기가 있어. —그때.”

“그런데 유우끼 —.”

미찌꼬가 말을 하려는 것도 상관하지 않고, 유우끼는 자리에서 일어나 다른 아이 쪽으로 가 버렸다.

정말 이상하다.

미찌꼬는 고개를 갸웃거릴 뿐이었다.

2

교정에 나가자 바람이 조금 쌀쌀할 정도였다.

“—어떻게 된 거야, 유우끼?”

미찌꼬는 낮은 철봉대에 매달려 있는 유우끼에게 말을 걸었다.

“미찌꼬, 미안해. 걱정하게 해서.”

“뭐야, 안 하던 말을 다 하고.”

미찌꼬는 웃었다.

“무서워.”

유우끼가 말했다.

“─지금 뭐라고 했어?

미찌꼬는 무심결에 다시 물었다.

“선생님이 말했잖아. 빈집에서 여자 아이가 살해당했다고.”

“응…….”

“나 그 빈집 알고 있어.”

“알고 있다니…….”

“요즘 매일 학원 빼먹고 그 근처에 갔어.”

“유우끼!─정말이야?”

미찌꼬는 기가 막힌다는 듯이 말했다.

“위험하잖아.”

“설마 그런 일이 있으리라고는 생각지도 않았어.”

유우끼는 먼 곳으로 시선을 돌렸다.

“어째서─그런 곳에 갔어?”

“재미있었어. 여러 사람이 와서.”

“여러 사람?”

“그래.”

유우끼는 미찌꼬를 돌아보았다.

“미찌꼬가 들으면 깜짝 놀랄 만한 사람도 있어.”

“무슨 말이야? 못 알아듣겠어.”

“그러니까―그 빈집은 꽤나 이용되고 있었어. 남몰래 만나고 싶어 하는 사람들에게.”

“남몰래―.”

“밀회하는 사람들 말야.”

미찌꼬는 눈을 동그랗게 떴다.

“그럼 유우끼, 그걸 보러 간 거였어?”

“불과 요 3, 4일이야. 그런데 스릴 있었어.”

“기가 막혀!”

“우연이었어.”

유우끼는 어깨를 움츠렸다.

“학원 숙제, 안 해서 말이야. 안 해도 아는 것들이었기 때문에 하고 싶은 마음도 생기지 않았지만.”

“나한테 거짓말하게 하고!”

미찌꼬는 유우끼를 노려보았다.

“미안해. 화났어?”

유우끼는 웃는 얼굴로 말했다.

“화를 내는 건 아니지만…….”

솔직히 미찌꼬는 유우끼가 겨우 웃는 얼굴을 보여주어서
안심하고 있었다.

“─처음엔 그 근처 도서관에 갔었어.”

유우끼는 말했다.

“알고 있어? 있잖아, 보통 가정집 같은─.”

“응. 한 번 가본 적 있어. 한참 전이지만. 뭔가 호기심 많
은 할아버지가 혼자서 하고 있잖아? 아직 있니 그곳?”

“있어. 나 몇 번인가 가서 이젠 얼굴도 알아. 텅 비어 있
고, 조용하고, 꽤 특이한 책이 있고.”

“그 할아버지는 건강하시니?”

“귀가 좀 어둡긴 하지만. 가끔 간식도 주곤 하셔.”

“그래!”

“거기에 오갈 때 지름길로 다니다가 발견한 거야. 그 빈집
을 말이야. 길에서는 나무숲 때문에 잘 보이지 않지만. 저런
곳에 집이 있구나 하고 생각했었어.”

“그럼 근처에는─.”

“음, 3번째 정도였나, 그 근처를 지났을 때ㅡ.”

조금 어두워져 가고 있었다.

유우끼는 배짱이 좋은 편이었지만, 그래도 어두워졌을 때 자진해서 걸어가고 싶어지는 길은 아니었다.

발걸음을 조금 빨리 하며 학원에 가지고 다니는 가방을 고쳐 들었을 때였다.

갑자기 빈집에서 사람이 나왔다.

유우끼는 깜짝 놀라 발을 멈췄다.

무의식중에 나무 그늘에 몸을 붙이고 섰다.

“괜찮아, 아무도 없어.”

여자 목소리가 들렸다.

“나오라고.”

어라?ㅡ어딘가에서 들어 본 목소리였다.

유우끼는 살짝 들여다보았다.

누구더라. 저 아줌마?ㅡ아, 그래 맞아.

유우끼도 자주 사러 가는 근처의 주류 판매상 아줌마였던 것이다.

그런데 이런 곳에 어째서…….

"정말 없는 건가?"

뒤에서 나온 사람은—그 주류 판매상에 하숙하고 있는 대학생이었다!

유우끼도 중학교 2학년이다.

술집 아줌마와 대학생.—이것이 어떤 것인지 유우끼도 안다.

"그럼 가자."

아줌마가 말했다.

"따로따로 가는 편이 좋아."

"그래, 어딘가에서 영화라도 보고 갈게."

"그렇게 해.—자, 용돈이야."

"미안한데."

"괜찮아,—그럼 또."

아줌마는 목소리를 낮췄다.

유우끼는 가슴이 두근거려서 숨쉬기가 괴로울 정도였다.

키스 신 같은 건 영화나 TV에서 연중 하고 있는 것이지만, 실제로 아는 사람들이 키스를 하는 것은 처음 보았다.

두 사람이 즐거운 듯이 웃으면서 걸어가는 것을 유우끼는 멍한 상태로 바라보았다……

유우끼는 도서관에 가는 대신 이 빈집 근처에 오게 되었다.

물론 그렇게 늘 언제나 연인끼리 있는 것은 아니었다. 한 번은 고등학생들이 대여섯 명 모여서 담배를 피우고 술을 마시는 것을 보았다.

또 그야말로 확실한 연인 사이가 몰래 안에 들어가서 한 시간 정도 있다가 나오는 것도 보았다.

스스로도 나쁜 취미라고 생각했지만 다른 사람의 비밀을 들여다보는 흥분은 달리 바꾸기 어려운 것이었다.

—그 후에 유우끼는 주류 판매상에 뭘 사러 간 적이 있었다.

그 아줌마가 아무렇지도 않은 얼굴로 요리용 와인을 팔았다. 주인아저씨도 안에 있어서 아줌마가 불렀다.

"네, 여보."

유우끼는 그것을 보고 이상해서 견딜 수가 없었다.

이쪽만이 알고 있다.—그것은 뭐라고 표현할 수 없는 쾌감이었다.

"그래서—."

유우끼가 말했다.

“어제 나, 보고 말았어.”

“뭘?”

미찌꼬는 유우끼를 보고 물었다.

“―살인범.”

유우끼가 말했다.

“거짓말…….”

“진짜야.”

“그럼, 그 여자 아이를―.”

“아마도.”

유우끼는 말했다.

“그렇지만 여자 아이가 살해당하는 것을 본 건 아니야.”

“그럼 어떻게 알아?”

“혼자 나왔거든.”

“누가?”

“남자.―젊은 남자. 그렇지만 어른이야. 양복을 입고 넥타이를 맸어.”

“그 사람이 범인?”

“내가 갔을 때는 이미, 아마도 여자 아이를 죽인 후가 아니었을까?—누군가 있었다는 것은 알 수 있었어. 무슨 소리가 났으니까. 그런데 이후 아무 말소리도 나지 않았어……."

"봤어? 그 사람?"

"응.—나올 때 모습이 이상했어."

유우끼는 머리를 흔들었다.

"왠지 창백하고 헉헉 숨을 몰아쉬며……. 마치 전력질주를 한 다음 같았어."

미찌꼬는 숨을 죽이고 유우끼의 이야기를 들었다.—그런 위험한 일을!

"좀처럼 진정을 하지 못하고 두리번두리번 좌우를 살피고.—그리고 아주 당황해하며 뛰어가 버렸어."

"그래서?"

"그뿐이야.—그 후에는 아무도 나오지 않았어."

"어제 저녁?"

"그래. 너희 집에 전화하기 조금 전의 일이야."

"그 시간에 살해된 걸까?"

"분명 그래."

유우끼는 고개를 끄덕였다.

"하지만 유우끼! 그럼 경찰서에 신고하지 않으면!"

미찌꼬는 말했다.

“그렇지만…….”

유우끼는 철봉에 매달려 몸을 뒤로 젖혔다.

“—나, 거짓말하고 그런 곳을 배회했단 말이야. 말하기 어
려워.”

“그렇지만—.”

“게다가 죽이는 것을 본 것도 아니고.”

유우끼는 말했다.

“—변명일지도 모르지만…….”

유우끼의 마음은 미찌꼬도 알 수 있었다.

“그렇지만……. 그런 걸 알고도 가만히 있으면 좋지 않
아.”

미찌꼬는 말했다.

“그래.”

유우끼는 고개를 끄덕였다.

“생각 중이야. —그래서 미찌꼬 너에게만 털어놓은 거야.
비밀로 해 줄 수 있지?”

미찌꼬는 고개를 끄덕였다.

“—약속하지?”

유우끼는 거듭 물었다.

“약속해. 하지만—난 반드시 이야기해야 한다고 생각해.”

“너라면 그렇겠지만…….”

유우끼는 말했다.

미찌꼬도 유우끼의 기분은 잘 알고 있었다.

유우끼는 머리도 좋고 눈에 띄는 ‘괜찮은 아이’로 통하고 있었다. 그런 만큼 부모님께 거짓말을 하고 놀았다는 것이 알려지는 게 싫은 것이다.

그렇지만 사람의 목숨이 달려 있는 일이니까.

미찌꼬가 그렇게 생각하는 것도 당연하지만.

“유우끼, 그 남자 아는 사람이었어?”

미찌꼬는 물었다.

“아니, 몰라.”

유우끼는 고개를 가로저었다.

“그런 탓도 있겠구나. 말하기 어려운 데에.”

“얼굴은 기억나?”

“보면 알 수 있어.”

유우끼는 고개를 끄덕였다.

“그렇지만 만약에 경찰서에 갔다고 치자—어떤 얼굴이었

냐고 물으면 설명할 수 없을 것 같아."

그것은 확실히 그럴지도 몰랐다.

인간, 사이가 좋은 사람의 얼굴이라도, 그것을 다른 사람에게 설명하는 것은 쉽지 않았다.

"그렇지만―아주 평범한 얼굴이었어."

유우끼는 말했다.

"보통 길에서 만나 뭘 물어오더라도 피하고 싶어지는 그런 얼굴은 아니었어. 오히려 잠시 이야기를 나누어도 괜찮을까 하는 느낌의 자상한 얼굴이었어."

"그런 게 무서운 거야."

"응.―너무 싫다, 이런 일."

유우끼는 그렇게 말하고 한숨을 쉬었다.

정말로 유우끼에게 있어서도 커다란 쇼크였던 것이다.

"―아, 시작종이 울려."

미찌꼬는 말했다.

"갈까?"

"그래."

두 사람은 교사 쪽으로 걷기 시작했다.

"―5교시가 국어였던가?

유우끼가 말했다.

"그래. 새로 온 선생님이잖아."

"임시 아냐?"

"그래도 어떤 사람일지 기대돼."

그렇다. 학교라는 곳은 뭔가 새로운 일이 있으면 모두 기뻐하는 것이었다.

"─다른 반에서 오전 중에 수업을 한 것 같아."

유우끼는 말했다.

"어땠데?"

"그저 그런 평판이야. 수업은 재미없지만 괜찮은 남자라던데?"

"그래? 그렇지만 난 미남을 좋아하지는 않는데."

이런 대화를 들으면 교사들도 한숨을 쉴지 몰랐다…….

─5교시 째는 그래도 역시 얼마간의 긴장감이 있었다.

어떤 사람이 올까?─기다리는 쪽이 크게 기대하고 있었다.

"왔다!"

호기심에 복도를 지켜보던 남자 아이가 허둥지둥 자리에 앉았다.

“—야아.”

담임인 미즈우에 선생님에 이어서 그 선생님이 들어왔다.

와아 하는 분위기가 감돌았다.

꽤 괜찮은 남자잖아.

눈길을 주고받는 여학생들의 눈이 그렇게 말하고 있었다.

“에, 오늘 아침에 말한 대로 이제부터 얼마 동안 국어 수업은 새로 오신 이 타께타니 선생님께서 맡아 주시게 된다.”

미즈우에 선생님은 또 ‘타께타니’라고 말했다. 옆에 서 있는 본인은 살짝 미소 지을 뿐이었다.

미남은 싫다고 한 미찌꼬였지만, 인상은 나쁘지 않았다.

키가 크고 자못 상냥해 보이는 수줍어하는 듯한 얼굴이었다. 복장도 비교적 세련되었다.

음, 이 정도면 합격.

그렇게 생각하는 여학생들이 많았을 것이다.

“—그럼, 이후는 부탁해요. 타께타니 선생님.”

미즈우에 선생님이 나갔다. 타께야는 교단에 섰다.

“에, 저는 타께야입니다. 아까 미즈우에 선생님께도 〈타께야〉라고 말씀드렸는데…….”

“이미 안 돼요. 그 선생님.”

“한번 믿으면 절대 안 바꿔요.”

“반 아이들 이름도 쭉 틀릴 정도예요.”

모두 입을 모아 말했다.

“그런가. ―그건 그렇고, 그럼 출석을 부르겠다. 우선 한 사람씩 자리에서 일어나 주겠나. 짧은 만남이지만 얼굴을 기억해 두고 싶으니까.”

타께야는 출석부를 손에 들고 펼쳤다.

“음……. 아이자와. ―이시다. ―.”

한 사람씩 서서 “네.”하고 대답했다.

“키따노. ―키따노 유우끼.”

미찌꼬는 유우끼 쪽을 보았다. 어쩐지 유우끼는 천천히 일어섰다.

“네.”

“뭐야. 힘이 없군.”

타께야는 미소 지었다.

유우끼는 자리에 앉았다. ―미찌꼬는 당황했다.

“―사까구찌.”

미찌꼬는 일어서서 대답했다.

“네.”

―자리에 앉자, 뭔가 유우끼 쪽에서 쪽지가 왔다.

뭘까? 미찌꼬는 쪽지를 펴 보았다.

유우끼의 글씨―이렇게 쓰여 있었다.

'어제 빈집에서 나온 남자!'

미찌꼬는 유우끼를 보았다. 유우끼가 시선을 타께야 쪽으로 옮겼다가 다시 한 번 미찌꼬 쪽을 보고는 고개를 끄덕였다.

설마!―저 선생님이?

저 선생님이? 여자 아이를 죽인 정신이상자…….

미찌꼬는 깜짝 놀라서 타께야의 인상 좋게 보이는 웃는 얼굴을 바라보았다.

유우끼가 손을 뻗어서 미찌꼬의 손에 있던 쪽지를 쥐고 그것을 손 안에서 구겨버렸다.

"―그럼 수업을 시작할까?"

타께야가 말하며 교과서를 펼쳤다.

"어디까지 했나, 이 반은?"

3

유우끼도 참 어째서…….

미찌꼬는 당황했다.

"봐, 치라고!"

와아 하고 함성이 울렸다.

배구공이 파란 하늘로 올라갔다. 마치 두 번 다시 내려오지 않을 듯이 높게.

—그렇다. 아주 좋은 날씨였다.

요즘 중학생은 점심시간에도 교정에 나와 뛰어다니거나 하지 않았다.

그러나 이렇게 기분 좋은 날에는 역시 몸이 가만히 있지 않았다.

"받아."

소리가 나 미찌꼬는 어떻게든 공을 떨어뜨리지 않고 쳐 올렸다.

"OK!"

유우끼가 그대로 공을 상대 코트에 쳐 넣었다.

성공이다!—와아 하고 함성이 울렸다.

"유우끼! 잘했어!"

이런 소리가 들렸다.

미찌꼬가 올린 공을 유우끼가 쳤다.

언제나 유우끼는 눈에 띄게 된다.

"좋아, 서브로 점수를 올리자."

미즈우에 선생님이 늙은 몸을 채찍질하며(?) 참가하고 있었다.

"미즈우에 선생님! 무리하지 마세요!"

야유가 터져 나왔다.

"뭐라고? 이래 봬도 예전에는―."

"전쟁 전이겠죠!"

야유도 꽤 심했다.

"에잇!"

미즈우에 선생님이 친 서브는 높게 곡선을 그리며 날아

―그러나 전혀 다른 방향으로 가 버렸다.

"어이쿠."

원 바운드한 그 공을 주은 것은 타께야였다.

"타께야 선생님! 이쪽으로!"

손을 흔드는 여학생에게 타께야는 공을 던져 주었다.

"선생님! 들어와요!"

여학생이 손을 붙잡았다.

"하지만, 난 배구는 별로―."

“괜찮아요! 얘들아, 모두들 잡아당겨.”

와아 하고 여자 아이들이 달려들어 타께야를 코트 안으로 끌어들였다.

미찌꼬는 살짝 코트에서 빠져나왔다.

인원수는 특별히 세지도 않는다. 미찌꼬가 없어도 아무도 눈치 채지 못한다.

“―유우끼라면…….”

미찌꼬는 가볍게 숨을 내쉬면서 중얼거렸다.

무슨 생각을 하는 거지? 그런 짓을 하고…….

벌써 타께야가 이 학교에 온 지 한 달 가까이 지나고 있었다.

그 살인사건―초등학교 여자 아이가 정신이상자에게 살해된 사건은 아직 범인이 발견되지 못한 상태였다.

미찌꼬는 유우끼와의 약속대로 입을 굳게 다물고 있었다. 유우끼 쪽은 요즘 그런 일 따위 잊어버린 듯 밝게 보였다.

“도대체 어떻게 할 생각이야?”

미찌꼬는 한 번 이렇게 물은 적이 있었다.

“알고 있어.”

그러나 유우끼는 언짢은 듯이 대답할 뿐이었다.

그리고 또 애매한 말까지 하기 시작했다.

"그 남자가 타께야 선생님과 닮은 건 사실이야. 하지만 처음 보았을 때는 그렇게 생각했지만, 지금 보면……."

"모르겠네……."

미찌꼬는 혼잣말을 했다.

유우끼는 왠지 적극적으로 타께야와 친해지려고 하는 것 같다. 미찌꼬에겐 그렇게 생각되었다.

설마라고는 생각하지만…….

"―미찌꼬, 그만 하는 거야?"

반의 여자 아이가 말을 걸어 왔다.

"응. 지쳐 버렸어."

타께야가 멋지게 리시브해서 와 하고 학생들이 들끓었다.

"―인기 좋네. 저 선생님."

반 여자 아이가 말했다.

"그렇네."

"미찌꼬, 알고 있니?"

"뭘?"

"유우끼 말이야.―얼마 전에 타께야 선생님하고 단둘이 걸어가고 있었는데."

“정말?”

“그래. 누가 봤데. 방과 후에 말이야. ─온통 그 소문이
야.”

“몰랐어.”

“하지만 유우끼랑 사이가 좋잖아?”

“그야 그렇지만…….”

“유우끼, 타께야 선생님하고 거기까지 갔을까? 어떻게 생
각해?”

“그만 해.”

미찌꼬는 화를 내며 말했다.

“유우끼는 그런 짓 안 해!”

그리고는 교실로 뛰어갔다…….

“─미찌꼬, 전화야.”

부르는 소리에 미찌꼬는 눈을 떴다.

“네?─아 네!”

2층에서 자고 있었다.

서둘러 계단을 내려갔다.

“학교 사람. 선생님 같은데?”

"선생님?"

"무슨 일 저질렀니?"

"아니."

미찌꼬는 수화기를 들었다.

"아—여보세요?"

"아—사까구찌니? 타께야다. 국어 선생님."

미찌꼬는 가슴이 철렁했다.

"아, 예. 안녕하세요."

"저 실은 할 이야기가 있는데. 지금 근처 찻집에 있어. 'E'
라고 하는 가게. 알고 있으려나?"

"예, 바로 옆이에요."

"그럼 미안하지만, 잠깐 나와 주지 않을래?"

"네……."

선생님이 말씀하시는데 거역할 수는 없다.

미찌꼬는 수화기를 내려놓았다.

그런데 타께야가 무슨 일일까?

물론 이 근처 찻집이라면 위험할 것은 없었다. 그러
나…….

"왜 그러니?"

참견 잘하는 엄마가 얼굴을 내밀었다.

"선생님이야. 뭔가 하실 말씀이 있데. 'E'에 갔다 올게."

"거기에? 무슨 일일까?"

"모르겠어."

미찌꼬는 현관 쪽으로 나가다 말고 말했다.

"저, 엄마—."

"왜 그러니?"

"만약에 내가 돌아오지 않으면……."

"뭐?"

"아무것도 아니야. 그럼 갔다 올게."

미찌꼬는 샌들을 신고 밖으로 나갔다.

"아, 이런. 지갑을 두고 나왔네."

뭐, 괜찮겠지. 당연히 찻값은 선생님이 내주시겠지.

'E'에 들어가자 타께야가 자리에서 손을 흔들었다.

"안녕하세요."

미찌꼬는 인사를 하고 앉았다.

"미안해. 토요일인데."

"아니에요. 선생님께선 휴가죠?"

"응. 그래.—자, 뭐든 주문해. 괜찮으니까."

그렇게 말해 봤자 찻집에 대단한 것은 없다.

결국 미찌꼬는 오렌지 주스라고 하는 신통치 않은 (뭐가 신통치 않은 건지는 잘 모르겠지만) 것을 주문했다.

"저, 갑자기 미안해."

타께야가 말했다.

"실은 좀 곤란해서 말이야. 키따노 일로."

"키따노요?"

"응. 너희는 사이가 좋다고 들어서."

"초등학교 때부터 쭉 함께였어요."

"그래.─실은 키따노가 나에게 너무 접근해 오고 있어."

"무슨 뜻이에요?"

"그러니까─저어. 잘난 체하는 게 아니라, 날 좋아하는 거 같아."

타께야는 말했다.

미찌꼬는 잠시 가만히 있다 물었다.

"유우끼가 그렇게 말했어요?"

"아니. 그렇지만 요전에는 갑자기 내 아파트로 찾아왔어. 그 일 말고도 또 있어. 얼마 전 내 생일이었는데 어디서 조사했는지 키따노가 그걸 알고 선물을 주더라고."

“그 정도는 흔히 하잖아요?”

“그래. 그런데……. 아파트까지 오는 건 좀…….”

타께야는 고개를 흔들었다.

“그렇지만 유우끼가 무슨 일로―.”

“일단은 수업 시간에 의문이 생겼던 점을 물어 본다는 거였어.”

“그래서 선생님은―?”

“가르쳐 주었어. 그런데 아무리 봐도 핑계 같았어. 방 안을 유심히 살피고 다니더니 청소해 드릴까요 라고―.”

“했나요?”

“아니. 정중하게 거절했어.”

타께야는 쓴웃음을 지었다.

“그야 혼자 사니까 보기에는 어수선하지만, 일단 불편하지 않고.”

어째서 그런 위험한 짓을! 미찌꼬는 오싹했다.

유우끼는 틀림없이 타께야가 범인이라고 하는 증거를 잡으려고 한 것이다.

하지만 아파트에 가다니! 만약에 타께야가 유우끼를 덮치는 일이 생기기라도…….

"키따노 말인데, 전에도 이런 일이 있었니?"

타께야가 물었다.

"선생님에게 말이에요? 아니. —전 모르겠어요."

"그래. —다른 선생님께도 상담해 보았는데, 그다지 진지하게 들어 주질 않더라고. 어찌해야 할지."

타께야는 머리를 흔들었다.

그것은 미찌꼬도 넌지시 알 수 있었다. 유우끼는 전혀 그런 일을 할 타입이 아니기 때문이었다.

선생님들도 그렇게 생각하고 있으니까 진지하게 상대해 주지 않은 건지도 몰랐다.

"—저 사까구찌. 미안하지만 키따노에 대해서 부탁 좀 들어줄래?"

"저한테요?"

"응. 달리 부탁할 만한 사람도 없어서."

"그럼, —하지만 무얼 하면 되지요?"

"키따노랑 이야기 좀 해 봐 줄래? 나는 그렇게 어린애에게는 흥미가 없어. 게다가 이런 일이 알려지면 교사로서 일할 수도 없게 되거든."

타께야는 정말로 곤란해 하는 듯했다.

"이야기하는 정도라면…….."

미찌꼬는 말했다.

"그래? 아, 정말 고마워.—어쨌든 상처받기 쉬운 나이야. 어떻게 다루어야 할지 어려워서 난처했어."

타께야는 담배에 불을 붙였다.

"선생님. 담배 피우세요?"

"응. 학교에서는 피우지 않으려고 하지만."

"선생님—애인은 있어요?"

미찌꼬가 물어 보았다.

"애인? 없지는 않지."

타께야는 웃었다.

"그렇지만 신분이 불안정하니까. 도저히 결혼할 상태가 아니야."

"큰일이네요."

미찌꼬는 말했다.

"고맙구나. 동정해 주는 건 너 정도야."

타께야가 오버해서 한숨을 쉬었기 때문에 미찌꼬는 무의식중에 웃음이 나오고 말았다.

“어머, 미찌꼬.”

유우끼가 현관으로 나왔다.

“혼자야?”

“응. 들어와.”

“그럼, 잠시…….”

미찌꼬는 유우끼의 방에 들어갔다.

물론 옛날부터 몇 번이나 왔던 방이었다.

“어떻게 된 거야, 도대체?”

유우끼가 침대에 드러누우며 말했다.

“타께야 선생님 말야.—유우끼, 너 아파트에 갔었다며?”

“누구한테 들었어?”

유우끼가 되물었다.

“선생님한테서. 아까 전화해 와서—.”

미찌꼬가 타께야의 이야기를 전하자 유우끼는 살짝 웃으
며 말했다.

“그래?—미찌꼬 너한테 말이지?”

“애, 유우끼. 무슨 생각하고 있는 거야? 도저히 모르겠
어.”

“그 일이 아니면 뭐겠어!”

유우끼는 일어났다.

"―미찌꼬에게는 잘 모르겠다고 했지만, 나 지금 생각해 봐도 절대로 그때 그 남자였다고 확신해."

"그렇다면 경찰에―."

"증거가 없잖아. 게다가 난 거짓말을 하고 놀았으니……. 아무도 믿어주지 않을 거야."

"그럴까?―그렇지만 정말 그 선생님이 했을까?"

"아니, 너."

유우끼가 말했다.

"뭐가?"

"미찌꼬까지 넘어가 버렸군."

"넘어가다니―?"

"감언이설에 넘어갔잖아! 그런 식으로 믿게 해서 어딘가 로 꾀어내는 거라고."

"겁주지 마."

미찌꼬는 말했다.

"그러니까 타께야 선생님이 나에게 이제 자기 일에 관심 갖지 말라고 전하라고 했단 말이지?"

"응.―애인이 있다고 말하던데?"

"수상하군. 두고 봐. 이제 곧 반드시 본성을 드러낼 테니까."

"위험하지 않니? 그런 일."

미찌꼬는 말했다.

"만약 유우끼 신변에 무슨 일이 생기면—."

"그때는 미찌꼬가 경찰에게 모두 얘기해."

"싫어. 재수 없는 소리하지 마."

미찌꼬는 말했다.

—미찌꼬가 유우끼의 집을 나온 것은 이미 어두워지고 나서였다.

물론 먼 거리는 아니었지만 그다지 사람이 다니는 길도 아니어서 미찌꼬는 발걸음을 재촉했다.

문득—발소리를 느꼈다.

누군가가 뒤따라 왔다. 틀림없이.

미찌꼬는 불안해져서 더욱 발걸음을 빨리했다. 그 발소리도 빨라졌다.

미찌꼬는 달렸다—필사적이었다.

헐떡거리느라 이제 발소리 따위를 듣고 있을 여유는 없었다.

빨리! 빨리! 집으로!

달리기에는 그다지 자신이 없었다. 숨이 차고 가슴이 답답해져서 당장이라도 쓰러질 것 같았다.

그러나 멈출 수는 없다!

집까지—이제 조금만, 조금만…….

현관으로 뛰어 들어와 넘어지자 엄마가 놀라서 달려 나왔다.

"—미찌꼬! 무슨 일이야!"

"누군가가……. 따라왔어……."

헉헉거리며 미찌꼬는 말했다. 이제 일어설 힘도 없었다.

"이게 무슨 일이야! 여보! 여보!"

미찌꼬의 아빠가 소란함을 듣고 나왔다.

"무슨 일이야?"

"미찌꼬가 이상한 사람한테 쫓겼데요."

"뭐라고?"

발끈한 아빠는 현관에서 맨발로 뛰어나갔다.

"—네놈이냐!"

미찌꼬는 눈이 휘둥그레졌다.

아빠에게 얻어맞고 '으악!'하고 뛰쳐나간 것은 틀림없이 타께야 선생님이었다.

4

"—가 볼래?"

유우끼가 말했다.

"됐어."

미찌꼬는 머리를 내저었다.

"무서워?"

"무서운 것은 아니지만……. 학원은 어떻게 하고?"

"좀 늦게 가면 되잖아. 어차피 그런 것을 알 리도 없잖아?"

"그야 그렇지만……."

미찌꼬는 망설였다.

하지만 결국 가게 되었다. 유우끼의 말 때문이 아니라 미찌꼬도 그 빈집이 보고 싶기 때문이었다.

"그럼 빨리 돌아와 학원에 가는 거야."

미찌꼬는 다짐을 받았다.

이것으로 다소 양심을 달랬다.

"그럼, 가자."

유우끼가 씩씩하게 걷기 시작했다.

—타께야 선생님은 결국 학교를 그만두었다.

미찌꼬의 아빠가 화가 나서 학교에 고발했던 것이다. 타께야는 뒤쫓아 간 것을 부정했지만 어쨌든 임시 교원이었고, 학교 쪽에서도 학부형과 다툼을 일으키면서까지 타께야를 두둔하고 싶진 않은 듯했다.

"—타께야 선생님, 어떻게 되었을까?"

미찌꼬가 걸으면서 말했다.

"글쎄. —이제 관계없어."

유우끼는 단호하게 말했다.

"그렇지만 만약 그 사건—."

"그래, 생각은 했지만. 그래도 이제 와서 말을 꺼낼 수는 없잖아?"

그렇게 말하니 미찌꼬도 뭐라고 할 말이 없었다.

"그건 그렇지만……."

살해당한 여자 아이를 생각하면—그래도 그냥 내버려 두어서는 안 되는 거 아닌가 하는 생각이 들었다.

"봐, 저 건너."

유우끼가 손가락으로 가리켰다.

과연, 나무숲 속에 오래되어 황폐한 집이 서 있었다.

"아, ─저기가."

"이제 돌아갈래?"

"응……."

미찌꼬는 약간 망설이다가 말했다.

"그래도 일부러 왔으니까."

유우끼는 살짝 웃었다.

"그럼, 가자."

유우끼가 먼저 수풀 속으로 들어갔다.

빈집 주위에는 아직 로프가 둘러쳐져 있었다.

그러나 그것도 여기저기 땅에 닿을 정도로 처져 있었다.

그 이외에 여기가 살인 현장이었다는 것을 알 수 있는 것은 없었다.

"여긴가……."

미찌꼬는 오싹해졌다.

역시 이런 장소에 오는 것은 자극적이었다.

"안에 들어갈래?"

유우끼가 말했다.

"들어갈 수 있어?"

"잘 모르겠지만, 이런 곳에 열쇠가 채워져 있지는 않을 거야."

유우끼가 아무렇지도 않은 듯 문을 열었다.

미찌꼬는 겁을 내며 안을 들여다보았다.

바깥은 아주 엉망인데 안은 의외로 멀쩡했다.

"신발은……."

"신은 채로 들어가도 괜찮잖아?"

유우끼가 말했다.

"어차피, 이것 봐. 발자국이 여기저기 나 있잖아."

"그렇네."

두 사람은 신발을 신은 채로 들어갔다.

텅 빈 넓은 집이었다. ─텅 비어서 넓게 보이는지도 몰랐다.

"─이것 봐. 여기!"

유우끼가 소리를 높였다.

그 방을 들여다보자, 판자를 깐 마루 위에 흰 선으로 사람의 형태가 그려져 있었다.

"굉장하다!"

미찌꼬는 꿀꺽 하고 침을 삼켰다.

“실감난다.”

“여기서 당한 거네. 무서워라.”

두 사람은 어디라고 할 것 없이 축축하고 탁한 느낌의 방 공기를 마시며 서 있었다.

살인 현장에 서 있다!

미찌꼬는 신기할 만큼 두근거리는 기분이었다.

그때 덜컥 하는 소리가 나서 두 사람은 펄쩍 뛸 만큼 놀랐다.

“누군가─?”

“쉿!”

유우끼가 미찌꼬의 입을 막고, 두 사람은 벽에 몸을 착 붙였다.

누가? 도대체 누구일까?

현관 쪽에서 확실히 누군가가 올라왔다. 신발로 복도를 밟는 소리.

유우끼와 미찌꼬는 서로의 얼굴을 마주보았다.

“─어디에 있는 거야.”

어디선가 들은 적이 있는 목소리가 들렸다.

“있는 거 알고 있어.”

─타께야다!

미찌꼬는 오싹했다. 무릎이 덜덜 떨려 왔다.

어떻게 하지? 이런 곳에서─.

유우끼 쪽도 과연 새파랗게 질려 있었다.

"나와."

타께야의 소리가 옆방에서 들려왔다.

유우끼가 살짝 미찌꼬의 귀에 입을 갖다 대고 말했다.

"여기로 오면 와 하고 놀래키고 단숨에 도망치자."

그런 식으로 잘 될까?

미찌꼬는 그러나 그저 잠자코 끄덕일 수밖에 없었다.

뚜벅, 뚜벅…….

복도를 걷는 발소리가 다가오다 방 앞에서 멈췄다.

"어이─여긴가?

소리가 들렸다.

"지금이야."

유우끼가 뛰어나갔다.

"와!"

"에잇!"

미찌꼬도 뒤따랐다.

불의의 공격에 타께야는 뒤로 벌렁 넘어져 엉덩방아를 찧었다.

"도망쳐!"

유우끼가 소리쳤다.

"-기다려! 이봐. 기다려!"

타께야의 목소리가 뒤쫓아 왔다.

"달려!"

유우끼의 외치는 소리가 들렸다.

정말 제정신이 아니었다. -미찌꼬는 밖으로 뛰쳐나와 나무숲 사이를 빠져 달려 나왔다.

그대로 차가 다니는 길이 나올 때까지 달리고 나서 미찌꼬는 발을 멈추었다.

괴롭게 숨을 헐떡이면서 학원 가방을 아주 중요하게 안고 있다는 것을 깨달았다. 이런 것, 팽개치고 왔으면 좋았을 것을!

그런데-유우끼는? 유우끼는 어디에 있는 걸까?

"유우끼!-유우끼!"

유우끼는 달려오지 않았다.

다른 방향으로 간 걸까. 그렇지 않으면 타께야에게 붙잡힌 걸까?

자동차가 달려왔다. 미찌꼬는 정신없이 손을 흔들어 세웠다.

"―뭐야, 무슨 일이지?"

세일즈맨 같은 남자가 얼굴을 내밀었다.

"친구가―쫓기고 있어요. 도와주세요."

"알았어. 어디지?"

"저기―숲 속이요. 빈집이 있어요."

"알았어."

그 남자는 차를 길가에 붙여 세우고 말했다.

"너는 여기에 있어."

남자는 서둘러서 미찌꼬가 가리킨 쪽으로 달려갔다.

―미찌꼬는 그곳에 남아 기다렸다.

유우끼……. 유우끼…….

부탁이야. 무사히 있어 줘. ―아, 이게 무슨 일이야!

좀 더 빨리 말해 두었으면 좋았으련만. 타께야가 살인범이었다고.

덜커덕 덜커덕 자전거 소리가 났다.

뒤돌아보니 경찰이 오고 있었다.

"순경 아저씨!"

미찌꼬는 달려갔다.

—미찌꼬의 이야기를 듣고 그 경찰관도 자전거를 내팽개치고 숲 속으로 들어갔다.

미찌꼬도 조금 뒤에서 따라갔다.

"그 왼편이에요."

미찌꼬는 말했다.

"저기 빈집에……."

"살인사건이 있었던 곳 아니니?"

"네. —뒤쫓아 온 것도 그 범인이었어요."

"뭐라고?"

경찰은 깜짝 놀란 듯이 소리를 높였다.

그때,

"꺄악—!"

비명소리가 울렸다.

"유우끼!"

"저쪽이다."

경찰이 뛰어갔다.

풀숲 위에서 유우끼가 남자 밑에 깔려 있었다. 옷이 찢겨

지고 스커트도 찢어져 있었다.

"이봐! 일어서!"

경찰이 권총을 겨누었다.

"―쏘지 마! 쏘지 마……."

미찌꼬는 달려와서 깜짝 놀라 발을 멈추었다.

이런……. 이런 일이…….

유우끼가 흐느껴 울고 있었다. 그리고 유우끼의 위에서 천천히 몸을 일으켜 양손을 든 것은 타께야가 아니었다.

그 차에 타고 있던 세일즈맨이었다.

"―유우끼!"

미찌꼬는 달려가 유우끼를 껴안았다.

"미찌꼬……. 무서웠어……."

"타께야는? 어떻게 되었어?"

"저쪽에……. 아마 죽었을 거야."

유우끼는 말했다.

"저 남자가―나를 덮치려는 것을 보고 나를 구하려고 했어……. 그런데 저 남자 칼을 가지고 있어서……."

"뭐라고?"

미찌꼬는 혼란스러웠다.

뭐가 어떻게 된 건지 알 수가 없었다…….

· "―결국 어떻게 된 것일까!"

미찌꼬는 말했다.

점심시간. ―학교는 평소와 같이 아무런 변화도 없었다.

"몰라."

유우끼가 말했다.

"그 남자, 전의 여자 아이를 죽인 건 자기가 아니라고 말하고 있는 것 같아. 그렇지만 그날 그 주위를 배회하고 있었데."

"응……."

"유우끼. 어떻게 생각해? 타께야 선생님은―."

"나도 모르겠어."

유우끼는 말을 자르듯이 대답했다.

그렇다. ―타께야는 죽었기 때문에 확실한 것은 모르는 채로 끝났다.

타께야가 그 빈집을 알고 있었다고도 할 수 없었다.

미찌꼬 탓에 직업을 잃고 화가 나 있던 타께야가 두 사람의 뒤를 쫓아간 건지도 모른다. 그전에 미찌꼬의 뒤를 쫓았던 발소리도 타께야가 아니었는지도 모른다.

타께야는 단지 미찌꼬와 유우끼의 이야기 결과가 궁금해서 미찌꼬의 집 앞에 있었는지도 모른다…….

미찌꼬는 유우끼가 봤다고 하는 '빈집에서 나온 남자'는 정말 타께야였을까 하고 생각했다.

그럴지도 모르고 그렇지 않을지도 모른다.

정말로 유우끼가 타께야를 좋아하게 되어서 아파트에까지 쫓아간 건지도…….

그러나 이젠 어떻든 상관없는 일이었다.

어차피 타께야는 죽었고 유우끼를 덮쳤던 남자는 잡혔다.

유우끼도 약간의 상처를 입고 쇼크도 받았지만, 이제 아무 일도 없었던 것처럼 예전의 유우끼로 돌아왔다.

"―너네 엄마 뭐라고 하셔?"

미찌꼬가 물었다.

"뭘?"

"학원 땡땡이친 거 들통 났잖아."

"아, 그거?"

유우끼는 훌쩍 교정으로 내려가면서 말했다.

"'미찌꼬가 늘 부추겼어'라고 말했지 뭐."

유우끼는 후후 하고 웃으며 걷기 시작했다.

어이없어하던 미찌꼬는 허둥지둥 쫓아가면서 말했다.

"유우끼! 어떻게 그럴 수가 있어! 아니, 그럼 이제 너네 엄마 만났을 때 어떻게 하라고!"

불평은 했지만 그러나 결국 웃으며 용서해 버리게 된다는 것을 미찌꼬는 알고 있었다.

왜냐하면 어쨌든 미찌꼬와 유우끼는 사이좋은 친구니까…….

에필로그

"지금 오니까."

여성의 목소리가 들렸다.

그 지휘자의 매니저였다. 야스오는 전에도 본 적이 있었다.

로비를 통과해 빠져나오는 발걸음으로 걸어 왔다.

"어머."

야스오에게 눈을 멈추고 말을 걸어 왔다.

"무슨―용무라도?"

"아니…… 좀."

야스오는 말했다.

“됐습니다.”

“그래.”

매니저는 이렇게 말하고 밖으로 나갔다.

야스오는 망설이고 있었다. 한 사람이라면 몰라도, 그보다 이 여자애의 눈앞에서 지휘자를 찌를 수 있겠는가?

되돌아보며 야스오는 당황했다.

그 여자애가 없다. ―지금까지 여기 있었는데…….

두리번거리며 둘러보고 있자, 통로 안쪽에서 지휘자가 코트를 입고 걸어오는 것이 보였다.

야스오는 주머니 안으로 거의 무의식중에 손을 넣었다. 나이프가 손에 닿았다.

지휘자는 로비 쪽으로 나오려고 하다 그 앞에서 발을 멈췄다.

“―자넨가?”

그 여자애였다.

어느새 안쪽으로 들어가 있었던 것이다.

“기다리고 있었어요.”

여자애가 말했다.

“그래?”

지휘자는 눈을 아래로 향했다.

“─미안한데, 오늘은 대화하고 있을 시간이 없어.”

“언제나 그렇지 않나요?”

여자애가 말했다.

“도망치는 거로군요.”

“아니, 그렇지 않아.”

“변명은 그만둬요.”

여자애의 목소리가 떨렸다.

“이제 나에게 질린 거라면, 그렇다고 말해 주면…….”

야스오는 꼼짝 않고 그 대화를 듣고 있었다.

이 여자애─지휘자의 연인이었다.

그리고 문득 정신이 들었다. 여자애 손목의 붕대는 자살을 하려고 했던 상처인지도 모른다…….

“그렇지 않아.”

지휘자는 고개를 저었다.

“그러나 이제 너와는 만날 수 없어.”

“그런 거로군요. ─알았어요.”

여자애가 흐느껴 울었다.

“─선생님, 차가”

여성 매니저가 로비에 들어왔다.

"아니, 당신이야?"

매니저는 여자애를 보며 말했다.

"선생님……. 하지만 빨리 돌아가시지 않으면ㅡ. 당신도 이해해드려. 오늘 선생님 따님이 돌아가셨어. 그래서 서둘러 돌아가야만ㅡ."

"됐어. 먼저 나가 있어."

지휘자는 말했다.

"예……."

매니저는 마음에 걸려 하는 모습으로 밖으로 나갔다.

"몰랐어요."

여자애가 말했다.

"병이라고는 들었지만, 그렇게 나빴나요?"

"응……. 오늘 하루를 넘길지 어떨지, 그런 상황이었어."

"그런 때에 연주를ㅡ."

"말러를 끝냈을 때 전화가 걸려와 있었어. ㅡ딸은 원래대로하면 내년부터 고등학생이지."

"그랬군요."

"그래서……. 그런 곡을 앙코르로 연주했던 거야. 청중은 당황했을 거야."

지휘자가 희미하게 미소를 띠었다.

"하지만 나에게 있어서는 그 왈츠가 딸에 대한 진혼곡이었지……."

여자애는 가만히 얼굴을 숙였다.

"이봐, 자네―."

"이제 갈게요."

여자애는 말했다.

"이제―방해하지 않을게요."

"잘못했다고 생각하고 있어."

"아니요."

여자애는 고개를 흔들었다.

"서로 후회하지 않도록 해요."

"그래. 그렇게 되면 좋을 텐데."

지휘자는 손을 내밀어 살짝 아가씨의 머리를 만졌다.

"―가세요."

여자애가 눈을 아래로 향한 채 말했다.

"응."

지휘자가 걸어왔다.

야스오는 걸어 나갔다. 지휘자가 야스오를 보고 발을 멈췄다.

"나한테 용무라도 있나?"

"예. 저……."

야스오는 잠시 우물우물하다가 말했다.

"오늘 연주 훌륭했습니다."

"고마워."

야스오는 지휘자가 내민 손을 잡았다. 굳센 커다란 손이 조금 땀이 난 듯 느껴졌다.

"그럼.—또 들어 주게."

"예."

지휘자가 재빠르게 나갔다.

야스오가 얼굴을 들자 그 여자애가 눈물에 젖은 얼굴로 서 있었다.

"—들렀죠?"

"응."

"너무 흔한 이야기라, 지겨운데."

여자애는 손등으로 눈물을 닦았다.

"인기 지휘자와 학생 오케스트라 멤버의 정사라는 그

런……."

"그런 거 상관없어."

야스오는 말했다.

"남자와 여자의 사랑. 그렇잖아?"

여자애는 무심결에 미소를 지었다.

"역시 당신도 음악가로군요."

"어째서?"

"바로 그럴듯한 말을 하니까요."

두 사람은 그냥 웃었다.

"─가는 거야?"

"예. 하지만 아무래도 상관없어요."

"나도다."

야스오는 가볍게 숨을 내쉬었다.

"어때, 뭔가 먹을까?"

"뭘요?"

"글쎄. 돈이 없으니 나는 라면 같은 것."

"좋아요."

여자애가 웃는 얼굴로 말했다.

"돈이 없는 것도 역시 음악가네요."

"그럼 가지."

야스오는 여자애의 팔을 잡고 로비를 나왔다.

"─추워."

여자애가 고개를 움츠렸다.

"하지만 오늘 콘서트와 같은 조합이로군."

"뭐가?"

"내가 음침한 말러이고, 자네가 〈여학생〉이야."

여자애는 웃기 시작했다.

그 웃음은 발트토이펠이 쓴 통속적인 멜로디처럼 어디에
라도 있어 기분 좋게 그리고 어딘가 좀 멜랑꼴리한 느낌을
야스오의 귀에 보내왔다.

　책은 읽기 싫어도 외국어를 공부하고 더욱이 이를 전공으로 하다보면 해당 국가의 책들을 많이 접하게 된다. 내가 잘 이해하고 있는지 어떤지 확인이라도 하듯이 아주 정확히 읽으려고 노력한다. 책이란 읽기는 싫지만 정작 읽어보면 그 재미나 유익함에 후회하는 일은 별로 없다. 일본 소설들을 읽으면서 이처럼 재미있는 이야기를 만들어내는 소설가들이란 참으로 기발한 자들이구나 하는 생각을 했다. 어느 나라의 소설가라도 대동소이 하겠지만.

　복잡한 일상에서 벗어나 가볍게 휴식을 취하면서, 읽을 책을 손에 잡은 것 중의 하나가 이 '여학생'이었다. 가볍게 읽었지만 참 재미있어 나중에 번역하리라 생각했던 것이 벌써 십 수 년이나 흘렀다. 참신하던 것도 시간이 지나면 그 새로움이나 재미가 반감하는 법이지만, 지금도 읽어 갈 만한 내용이라 생각하여 여러 번거로움을 무릅쓰고 출간하게 되었다.

'여학생'은 5개의 단편으로 되어 있는데, 하나는 프롤로그, 간주, 에필로그로 구성되어 책을 멋있게 음악으로 장식하고 있다. 모두 일상생활에 있을 법한 이야기를, 여학생을 주제로 하여 경쾌하게 서술해 내려가고 있어, 아주 편하게 읽을 수 있는 내용들이다.

현대인들은 책을 잘 읽지 않는다고들 한다. 이 '여학생'은 이런 현대인들에게 부담 없이 편하게 독서할 수 있도록 해주는 책이라 생각한다.

'여학생' 하면 모두를 마음 설레게 하고 옛 추억을 떠올리게 하는 뭔가 마력이 있는 단어이다. 우리 모두 여학생과 내가 주인공이 되는 그런 시절에 살고 싶다. 이 책을 읽으며 그런 마음을 느껴 보기를 기대한다.

외국어 번역에는 항상 표기가 문제가 되는데, 다행이 고유명사 이외에는 특별한 문제가 없어 원음에 가깝게 옮겼음을 밝힌다.

이 책은 대학원 박사과정에 재학 중인 송수진씨와 머리를 맞대고 좋은 내용이 되도록 힘을 모아 번역하였다.

앞으로도 다양한 내용의 책들을 소개할 수 있었으면 하고 기대해 본다.

2008. 11. 11

공동역자 송수진·모세종

여학생

초판 1쇄 발행일 ㅣ 2008년 12월 10일

지은이   아카가와 지로
옮긴이   모세종·송수진
펴낸이   박영희
표　지   강지영
편　집   배혜영
책임편집   강지영
펴낸곳   도서출판 어문학사
        132-891 서울특별시 도봉구 쌍문동 525-13
        전화: 02-998-0094 / 팩스: 02-998-2268
        홈페이지: www.amhbook.com
        e-mail: am@amhbook.com
        등록: 2004년 4월 6일 제7-276호

ISBN   978-89-6184-057-6 03830
정가   13,000원

※ 잘못 만들어진 책은 교환해 드립니다.

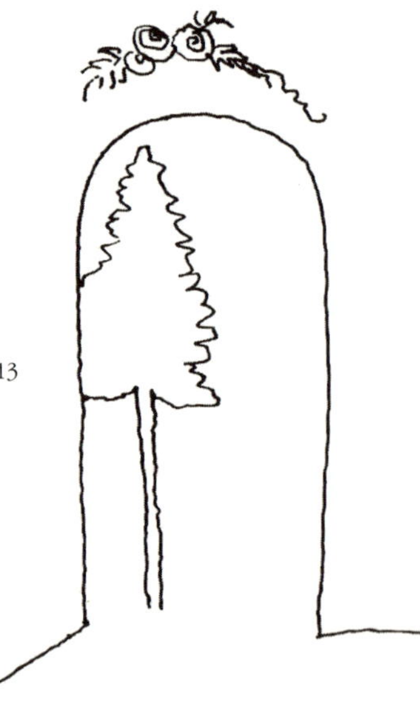